LA DANZA DE LA LLUVIA

vida de un curandero

HISTÓRICA

La danza de la lluvia, vida de un curandero

Foto de cubierta: Colin Landeros

CONACULTA.-INAH.-MEX
Reproducción Autorizada por el Instituto Nacional
de Antropología e Historia

Primera edición, septiembre de 2013

D. R. © 2013, Queta Navagómez
D. R. © 2013, Ediciones B México s. a. de c. v.
    Bradley 52, Colonia Anzures
    11590, México, d. f.

www.edicionesb.com.mx

ISBN 978- 607-480-475-1

LA DANZA DE LA LLUVIA

vida de un curandero

Queta Navagómez

Barcelona · México · Bogotá · Buenos Aires · Caracas ·Madrid · Miami · Montevido · Santiago de Chile

EL MUERTO

«A TI, EL QUE ME VIENE PERSIGUIENDO; el que camina sobre la huella de mis huaraches y usa las veredas que va haciendo mi machete; el que vigila mis descuidos para tensar la flecha sobre el arco; a ti te estoy hablando: dispara de una vez. Ya dije que no soy *tragagente*, que ni me sorbí el alma de alguno ni espanté las nubes para causar la seca; así nomás es. Ha llovido porque logré amansar al sol con fiestas y rogaderas. Cantando convencí a las madres agua para que desbarataran nubes encima de la sierra. Yo causé los aguaceros que provocarán buena cosecha y estoy a gusto por eso. Ya me cansé de esto, ¡para qué me escondo si nada tiene lucha! Mátame de una vez, me voy a acostar con la cara pegada al suelo para que no tengas miedo de que te vea. Lléname de flechas el espinazo, o corta el hilo de mi vida con el cuchillo que cargas en la faja». Todo esto quiere decirle Tukari Temai al hombre que, escondido tras la espesa vegetación, lo espía.

Se acuesta y entrecierra los ojos, espera escuchar zumbidos de saetas y sentir en la espalda el impacto de las flechas, pero el aire sólo carga la alharaca de los pájaros. Duerme por horas, cuando despierta otra vez es consciente de su realidad. Evoca todas las cosas que lo aguardan, recuerda los ojos llorosos de su esposa, la promesa del retorno y entonces, bronco y áspero, el deseo de vivir circula nuevamente por sus venas.

«Entendí tus jugadas: no vas a matarme, sólo me sigues hasta que halle un lugar donde quedarme. Quieres que agarre ánimos, que le tome gusto a la vida para ir por los que van a perjudicarme. Tienes ganas de verme colgado de un sabino o con el cuero abierto a chicotazos o apergollado en los cepos. Te estarás carcajeando cada que me ves pelear contra un río crecido o cuando me ruedo por las barrancas y vuelvo a enderezarme. Dirás "Maldito *tragagente*, no quieres morirte", y así nomás es. Tengo que vivir porque se lo prometí a mi mujer, le dije que volvería en cuantito me olvidaran y así como es ella —que se cree todo lo que le digo— me va a estar esperando. Sólo por darle el gusto intento salvar el cuero. Ya me seguías desde antes, viste cuando nos despedimos, cuando ella me colgó el morral, me dio el dinero y me dijo que mejor me fuera. No te di tiempo de avisarle a nadie, por eso nomás tú me sigues. Andamos solos, perdidos entre esta maraña de yerbas y zacatales que se estiran con las aguas».

Percibe que en esta ocasión el enemigo no espía. Lo imagina dormido, cansado de vigilar. Da un rodeo muy grande para llegar por detrás de él y al fin puede conocerlo: es casi de su edad y descansa recostando la cabeza sobre una gran piedra. Templa su arco y lo despierta con un grito. Cuando el hombre abre los ojos, Tukari Temai ya le apunta al pecho:

—¡Vete! ¡Regresa a contar que me *hogué* en la crecida de algún río! ¡Diles que me picó un alacrán o una coralilla! ¡Cuéntales que me morí, que ya se acabaron mis brujerías!

El otro parece aceptar la orden, pero en cuanto Tukari Temai destempla el arco, se abalanza sobre él. Ambos se toman de los cabellos y pelean a la manera huichol: sujetándose del pelo, tratan de derribarse uno al otro y con la mano libre se golpean a la altura de las costillas. Minutos largos. Dedos aferrados a las trenzas, uñas hundidas en el cuero cabelludo, golpes con la rodilla, cabezazos, traspiés y jadeos, hasta que los dos ruedan sobre la hierba recién brotada.

El otro estuvo a punto de abrirle el cuello con su cuchillo, pero ahora él se encuentra en ventaja y puede sacar el machete que guarda entre las ropas.

El adversario queda con la mirada fija, Tukari Temai guarda el machete y se incorpora con dificultad. Permanece a distancia, sin perderlo de vista ni mover un músculo.

No admite que su adversario esté agonizando. Se acerca lleno de miedo para comprobar que la mano del hombre ha soltado el filoso puñal y la vida se le escapa por siete heridas en pecho y yugular; siete arroyos rojizos que se la llevan con lentitud. Tiembla al hacerse consciente de que ha cortado el hilo color plata de una vida.

Su primera intención es desaparecer el cuerpo para evitar complicaciones. Lleva días huyendo. Todo ese tiempo se ocultó entre peñascos y cuevas. Pretende caminar hasta la costa y de ahí seguir el camino hasta Tepic o Guadalajara, o a donde sea, con tal de desaparecer por algunos años de la sierra para regresar cuando los perseguidores lo hayan olvidado.

Observa el cadáver: similitudes en altura y edad lo hacen concebir una idea que primero juzga descabellada y después, tras analizarla, cree posible: vestirá al fallecido con sus ropas para pasar por muerto. La ocurrencia, que de pronto le causó júbilo, presenta un inconveniente: él es uno de los *maraakate* más conocidos de la región y su ropa en el cuerpo de otro no logrará engañar a nadie. La suplantación podrá darse sólo si la cara del muerto fuera mordisqueada por coyotes hasta quedar irreconocible.

No sabe qué es lo que mueve sus manos y su cuchillo mientras un recuerdo se apodera de él: «Hijo: Tateteima y Tatutzima, nuestras madres y bisabuelos sagrados, nos vigilan detrás del horizonte; nomás clarea, ellos asoman sus ojos para vernos al ras de los montes, por eso procura hacer cosas que les den contento», le había dicho su padre hace muchísimos años, cuando él era apenas un niño deseoso de convertirse en *maraakame* y hacía esfuerzos por comprender cosas tan maravillosas, como ésa de que el sol —la bola de luz que trepaba por el camino azul del cielo— era sólo el redondo escudo del padre Tayau: un escudo con un agujero en el centro desde el cual el dios puede espiar al mundo. Ahora eso ya no tiene importancia: los sobrenaturales están molestos con él y lo demuestran negándole su protección.

Soporta el horror de ver los ojos entreabiertos del muerto mientras le corta venas, músculos y tendones para luego golpear con el filo de su machete el hueso vertebral que se opone al desprendimiento del cráneo. Al terminar de cercenar el cuello, va a esconder la cabeza en una cueva cercana. Cuando regresa, el cuerpo sigue en el mismo lugar, igual de yerto e incompleto. La tarde bosteza recargada sobre el cerrerío y él decide continuar su labor al día siguiente. Siente las manos grasosas, como si les hubiera untado sebo y las talla en sus ropas. No quiere acercarse mucho al cadáver, pero es necesario cuidarlo de la voracidad de los animales del monte.

—Los difuntos y los enfermos son muy delicados, por eso nadie puede agarrarlos. Cada que toco uno me lavo con agua de manantial sagrado, pero aquí no hay agua sagrada —dice para sí mismo y en voz alta, como para explicarse que entre sus dedos continúe la sensación viscosa de la sangre: está ahí por más que los limpie ritualmente con hierbas tiernas.

Noche grande de nubes aborregadas, que a ratos dejan al descubierto a un astro de resplandor lechoso. Metzerí, la abuela Luna, no es una buena compañera para los huicholes. Cuando ella sale a iluminar el cielo, ellos tratan de estar en casa por el miedo que les desata su rostro pálido. Luna y noche, ambas atraen al tigre de los recuerdos y éste ataca con todo el peso de las añoranzas. Zarpas de nostalgia, colmillos de angustia que se hunden en cicatrices recientes. Noche sin sueño. Cargado de arrepentimientos y sollozos, Tukari Temai busca la protección de Tatei Yurianaka, la madre Tierra, y termina enconchado junto a un charco de lodo.

Tayau, el padre Sol, compadecido del *maraakame* en desgracia, se abre paso tímidamente entre un frío conjunto de nubes grises para inaugurar una mañana más.

Temprano procede a la suplantación. Primero se quita el

sombrero de copa baja, hecho con tiras de hoja de palma que tiene, al filo de las alas, una hilera de espinas de jarretadera que se golpean unas contra otras.

—Ya ni se cansen, los malos espíritus no se asustan por más que ustedes hagan ruido, siguen aquí porque estoy maldito —les dice a las espinas a modo de regaño y acaricia las plumas de águila negra del adornado sombrero antes de colocarlo cerca del muerto.

Se despoja de la *tuarra*: basta con que desate las cintas que la unen a su cuello para que la capa de manta, ribeteada por una franja ancha de franela roja y exquisitos bordados en punto de cruz, caiga al suelo. Con un movimiento instintivo se quita el *keitzaruame* del talle; la cinta cargada de morralitos bordados se queda entre sus dedos hasta que decide tirarla. Se despoja de algunas fajas hasta llegar al *juiyamé*, su hermoso ceñidor de lana saturada de grecas que le da varias vueltas a la cintura, y la camisa queda libre. La toma entonces de los faldones que le llegan casi a las rodillas y va sacándola con lentitud de su cuerpo. Se libra de las mangas largas, abiertas hasta las axilas y rematadas en puños amarrados con cintillas. La mira despacio: pecho, hombros, puños, espalda y faldones ostentan la riqueza de sus creencias, dándole el porte de cantador y curandero del que siempre se sentirá orgulloso. ¡Cuántos colibríes, águilas y venados, alternados con peyotes y flores de tutú, bordó su primera esposa en esta prenda de la que ahora es necesario desprenderse!

Cuando se desamarra el *ueruchí* y el taparrabo de manta cruda cae al suelo, queda y se siente desnudo. Es una desnudez que le causa miedo. Es como si él hubiera nacido con esa ropa puesta y al quitársela se arrancara la piel o la costra de los recuerdos que lo protegen del frío, la soledad y el mundo.

Ya no puede volverse atrás. Quita al decapitado las ropas y procede a vestirlo con las suyas. No se olvida de colocarle sus pulseras de chaquira en muñecas y tobillos y cruzarle el morral *cutzuiri*, bordado con maestría.

Le duele colocar sobre el pecho del desconocido su *takua-tzi Kauyumari*, la caja de palma donde guarda sus objetos mágicos. La mira muchas veces y decide abrirla para que sus *muvieris*, elaborados con plumas de águila y halcón de cola roja, se agiten con el aire que anuncia la próxima tormenta. Desde pequeño sabe que los *muvieris* conocen las manos de sus dueños y también sus intenciones; por eso le angustia la posibilidad de que sepan que va a abandonarlos.

Deja también al descubierto los cuarzos y piedrecillas de colores que guardaba ahí: son sus espíritus protectores y lleva años cuidándolos y dándoles ofrenda. Esas piedras y cuarzos lo buscaron a él, que llevaba semanas soñándolas. «Ven por nosotras, te estamos esperando», le decían con sus voces de sonaja. En uno de los sueños vio un río, reconoció un árbol y supo el lugar en que se encontraban. Y cuando despertó y fue a buscarlas, ahí estaban a lo largo del margen de agua brillando para que él las viera. Eran piedras verdes, grises y rojizas; eran cristales transparentes, rosas y amarillos. Sus *tebalis* lo buscaron para brindarle protección y ahora él se porta como si no los conociera. ¿Los ofenderá si los olvida sobre un cadáver? No quiere contestarse la pregunta. Es necesario que quien se acerque al cuerpo se dé cuenta de que el muerto es un curandero: un *maraakame* con todos sus atavíos.

—Aquí se van a quedar. No lloren, no puedo seguir trayéndolos porque estoy maldito; ya hasta creo que de veras soy *tragagente*. Gracias por haberme cuidado por tanto tiempo. Busquen otro mejor que yo, otro que deveras los merezca —les dice y los acaricia por última vez.

Lava en un arroyo las ropas del muerto, espera a que se sequen y se viste con ellas. Cuida el cadáver durante día y medio, confiado en que los vuelos circulares de los zopilotes llamarán la atención de algún viajero.

A los lejos ve que son tres huicholes que vienen de la costa, arreando mulas cargadas con sal, los que se detienen ante el mutilado.

—Ya se fregaron a ese, tú.

—Mírale su *takuatzi Kauyumari,* las plumas de águila, sus piedras protectoras: era un cantador.

—¿Ya viste que no tiene cabeza?

—¿Para qué lo matarían?

—Seguro cantó mal en una fiesta y por eso lo acabaron.

—Se lo va a comer la zopilotada.

—Ya apesta. Hay que meterlo a una cueva y taparlo con piedras. Luego nos llevamos sus trapos y a ver quién lo reconoce.

—Tentar muertos es delicado.

—Ni modo.

Los observa cargar el cadáver, llevarlo a una cueva y acarrear piedras. Cuando los ve alejarse, siente que se llevan su pasado. Echa a correr camino abajo, como huyendo de sí mismo. Con angustia piensa en su mujer y en sus hijos, en el inútil llanto que van a derramar.

EL BAUTIZO

Durante tres días baja y sube por hondonadas y cerros. De noche tiene la sensación de ser una hormiga perdida entre la oscura fronda y un cielo iluminado por la luna menguante. Amanece. El mar está próximo, percibe su olor entre una neblina tibia. A lo lejos, el sol a ras de horizonte pinta de amarillo y rosa algunas nubes. Lo aturde el canto de muchísimos pájaros.

Poco a poco el paisaje va definiéndose; a su espalda deja las montañas y al frente lo aguarda Tatei Aramara, la deidad del mar. Camina de prisa, como si tuviera urgencia de encontrarse con ella, de tocar la enorme piedra blanca en que vive. Ceibas, amapas, majaguas y guámaras se alternan entre la maraña tropical, salpicando de colores intensos el tierno verdor de una selva recién llovida.

Ceibas que le obsequian la sombra de su alta copa, amapas anchas y verdiclaras que parecen estirar sus ramazones para saludarlo de mano. Él toca la corteza fibrosa y amarga y recuerda que con sus flores —tan parecidas al flamboyán— hizo un día manojitos para regalarlos a su segunda mujer.

—Andaba yo loco *dialtiro* por aquella —dice y suspira como queriendo remover del pensamiento a la que aún ama. Las hojas acorazonadas de las majaguas le recuerdan el amor perdido. La guámara le clava las espinas, encajándole más hondo la añoranza.

Se detiene ante un ojo de agua, llena su bule, toma la suficiente y la demás se la vacía en el rostro y la cabeza. El agua le escurre por el cuello y el pecho. Por un momento supone que éste podría ser su nuevo bautizo y los recuerdos vuelven a atenazarlo:

«Mis dioses, les estoy anunciando a este recién nacido», dijo su padre, el *maraakame* Jaimana Tineika en el interior de una cueva, hace muchos años, levantándolo para ofrecerlo a los cinco rumbos que tiene el mundo.

—Este niño nació hace cinco días, y yo sigo el costumbre de los wirraritari y se los presento a nuestros bisabuelos, nuestras madres, nuestros hermanos mayores. Se lo enseño a Takutsi Nakawé, la bisabuela creadora del mundo que tiene las orejas levantadas para oír mejor nuestras súplicas. Quiero que lo vea Tayau, el padre Sol; también se lo presento a Tatei Aramara, la que gobierna el mar; se lo muestro a Takakaima, para que todos mis dioses sepan que éste es mi hijo y voy a enseñarlo a tener corazón wirrárika. Porque este niño es un wirrárika de sangre negra, y wirraritari de sangre negra serán sus hijos y sus nietos. Se los enseño, padres, para que no le tengan desconfianza y guíen sus huaraches. Mírenlo bien: no olviden ni su cara ni su nombre —dijo seguramente el *maraakame* Jaimana Tineika cuando en el interior de una cueva llenó una jícara y le derramó agua sacralizada en la cabeza, en la cara, en el pecho y el ombligo, y le puso por nombre Tukari Temai, porque ese nombre le habían dictado los dioses a su esposa.

Luego lo presentaría al Norte, el lugar donde está Aurramanaká, sitio donde se forma el frío y los vientos; al Sur, donde se encuentra Rapabilleme, el árbol llorón de la laguna de Chapala; al Oriente, lugar donde nace el sol, lugar de Wirikuta, el sitio más sagrado del mundo; al Poniente, donde vive Tatei Aramara, que es la dueña del mar; y luego al centro, donde arriba vuela Tatei Werika Wimari, la madre Águila Joven.

Después, sus abuelas paterna y materna habrán volteado la jícara vacía, para sentarlo en el lomo pulido y, girándola, mostrarlo a los cinco rumbos del mundo, invocando a los dioses protectores.

Él conoce de memoria la ceremonia, pues muchísimas veces, cumpliendo su obligación de *maraakame*, levantó en los brazos a los pequeños para ofrecerlos a los sobrenaturales y tembló de respeto al hacerlo. A él deben haberlo bautizado igual, anunciándolo ante las deidades para que desde ese momento vigilaran sus pasos... Al pensar en ello siente como en carne propia cuánto le dolería a su padre, si viviera, saber que su hijo piensa quitarse el nombre de Tukari Temai que él le puso, para encimarse uno de mestizo.

¿Qué injuria cometió contra los antepasados que debe pagar el sagrado enojo de esta manera? Ama y cree en el poder de Tatutzima, Tateteima y Takakaima: les procura ofrenda, respeta las fiestas... Quiere tanto a los bisabuelos que desde joven venció el pánico de convivir con los mestizos y bajó a la costa a trabajar para ellos. Se alquiló en el ensarte del tabaco con tal de tener dinero para comprarles chocolates, dulces, galletas, velas, chaquiras y listones, regalos que tanto les gustan... Ha gastado la vida en ayunos y aprendizajes. Olvidó a su familia buscando el bien de su pueblo y ahora su gente lo echa de la tierra amada. Se considera un auténtico wirrárika de sangre negra y son los wirraritari de sangre negra quienes lo persiguen.

Casi llega al mar. Empieza a encontrar puyeques y palapas hasta quedar inmerso en los manglares. El terreno se ha vuelto una planicie llena de cocoteros. Lagunas y esteros forman laberintos líquidos, poblados de garzas que asustadas con su presencia emprenden el vuelo.

Agradece a su padre, al viejo *itzukame* y *maraakame* Jaimana Tineika, su apego a costumbres ancestrales, y la herencia de todos los conocimientos de su mundo. Como jefe de familia responsable, su padre no se saltó ni un rito. Cuando él nació, elaboró una flecha en la que escribió —con muescas sobre el carrizo— peticiones de larga vida y salud para el hijo. También adornó una jícara y fue a dejar las dos cosas a la cueva que el abuelo Fuego tiene en Teakata. Fiel a sus convicciones, cada cinco años renovó la ofrenda para evitar que Tukari Temai enfermara y realizó a tiempo la ceremonia de enterrar su ombligo:

—Hijo, abajo de este árbol, que era una rama del mío, está tu ombligo. El tronco creció y se hizo grueso al comerse ese pedacito de tu carne, por eso este árbol forma parte de tu vida. Cumplo el costumbre de mis padres al enseñártelo y te pido que hagas lo mismo. Cada que te nazca un hijo corta una vara de tu árbol, siémbrala aparte, y abajo de ella entierra su ombligo, luego enséñale a cada uno cuál es su árbol.

Después, cada año y hasta que cumplió cinco, el padre le cortó el cabello y llevó los mechones junto con una flecha hasta Teakata. Al igual que todos los niñitos de su edad, Tukari Temai jugó y se divirtió mientras corría desnudo descubriendo el mundo, fue después de cumplir cinco años que empezó a usar ropa.

Celoso de sus obligaciones, Jaimana Tineika también lo colocó en la *rukuri tanaité tempté billa*, la jícara en que están todos. Cuando Tukari Temai era pequeño, su padre dibujó a esa jícara con cuentas de chaquira un muñequito que lo representaba. De niño le gustaba mirar el recipiente en que una silueta grande y protectora, parecida a Jaimana Tineika, le daba la mano a una figurita indefensa, de brazos abiertos, parecida a él. Había además dos imágenes que representaban a sus madrastras y un hueco sin cuentas, de donde habían arrancado la figura de su madre muerta.

Con los años, la jícara fue llenándose de pequeños dibujos: uno por cada hermanastro que iba naciendo. Cada que la familia era invitada a alguna fiesta, el padre tenía cuidado de llevar el cuenco y entregarlo a los anfitriones para que lo colocaran en el *ríriki*, su adoratorio. Era preciso que cuando las deidades miraran las ofrendas que había en el *ríriki*, vieran también las jícaras de las familias que cumplían con la obligación de asistir a las festividades en su honor. En los viajes, la jícara, envuelta en trapos, recibía muchos cuidados para evitar que sufriera daños: una rajada o raspadura significaría peligro de enfermedad o muerte para uno de ellos. Cuando mataron a su padre, Tukari Temai hizo una ceremonia ritual para arrancar de la *rukuri tanaité tempté billa* de su familia, la figura paterna. En el cuenco quedó otro lugar vacío, de la misma manera que quedó vacío otro pedazo de su corazón.

De pronto recuerda su jícara familiar y siente angustia: con la prisa por huir, olvidó encargarla. Pide a los dioses que su mujer o alguno de sus hijos mayores asuma la responsabilidad de llevarla a todas las fiestas. Ahora más que nunca es necesaria la protección de los bisabuelos. Recuerda también que no quitó las figuras de sus dos hijos recién muertos. El olvido le duele. Estaba tan asustado por el rumbo de los acontecimientos que relegó sus deberes de padre y *maraakame*. Concluye que es bueno que ya no viva Jaimana Tineika, si no, se decepcionaría del hijo que huye y se lamenta.

Siente prisa por regresar a poner en orden todas las cosas que dejó pendientes. La nostalgia le come el corazón al recordar a sus hijos y a su primera esposa. Cómo le gustaría que sus enemigos lo olvidaran rápido, entonces alegraría a sus pies recorriendo de nuevo los caminos de Wirikuta, Teakata o Aurramanaká. Qué bien le haría sentarse en su silla de *maraakame*, de adornado y alto respaldo, para dirigir otra vez los largos cantos en las fiestas sagradas.

Los pies se le atoran entre las desordenadas raíces de los mangles, pasa luego entre arbustos de duras ramas hasta que por fin llega a la arena, y el mar lo saluda con su brisa tibia. Brisa que acaricia lo mismo una piel curtida, que el hirsuto penacho de las palmas de coco. Airecillo que desperdiga los olores que se escapan del vientre del océano. Exhausto se tiende sobre la playa desierta para descansar los huesos, el hambre y los recuerdos.

Mientras las olas lo llenan de rumores, piensa en que ha logrado escapar, que escondido atrás de ropas de mestizo esperará algunos años a que lo olviden. ¿Cómo van a llamarlo mientras tanto? Por su cabeza bullen nombres como Cristóbal

Colón, Miguel Hidalgo o Manuel Mezquites. Cualquiera de los tres le da lo mismo, los usó indistintamente cuando bajaba a la costa para trabajar en el ensarte del tabaco. Se decide por el de Manuel Mezquites, dos palabras sin significado. A partir de ahora tratará de entender y hablar el español, y fingirá un desconocimiento de su lengua quedándose callado. Él es Manuel Mezquites, viene de un pueblo sin nombre, y jamás ha tenido tratos con huicholes. ¡Manuel Mezquites!, gritará el capataz, y él acudirá sumiso y mudo.

—Nunca le digas a los teiwarirris vecinos que te llamas Tukari Temai porque tu nombre es delicado. Si esas malas gentes lo llegan a saber, nomás con decirlo te van a robar el alma. —le advirtió cierta vez una de sus madrastras. Desde entonces tiene el cuidado de ocultarlo cuando trata con mestizos.

Si continúa caminando por la playa llegará hasta San Blas, lugar donde está Tatei Aramara, la madre del mar, esperándolo en su gran piedra blanca. Se detiene, baja la cabeza, la sensación de estar sucio lo domina. ¿Qué va a decirle a la madre Aramara? ¿Cómo va a explicarle que ha matado a un hombre y piensa dejar atrás todas sus creencias con tal de salvar la vida? No, él ya no puede presentarse ante ella ni ante ninguno de sus dioses porque se ha vuelto indigno. Para evitar la presencia protectora, toma enmarañados atajos, rodea esteros y marismas buscando el camino hacia Tepic.

Tukari Temai: nombre dulce y sonoro que los antepasados aconsejaron a su madre, cuando ya ella se perdía en los laberintos de la muerte. Significa día nuevo y hermoso y a él le parece que al pronunciar las palabras Tukari Temai, se está hablando de amaneceres, de neblinas, de manantiales; de ojos de agua que tiemblan al reflejar la luz del sol naciente; de hierbas cuajadas de rocío y auroras en que se deshacen los pasos del jaguar, el viento húmedo y los malos sueños. Tukari Temai: denominación mágica y suya condenada a morir al igual que su oficio de *maraakame*. Jura nunca más pronunciar su nombre y siente angustia por la decisión tomada.

TATEI NEIRRA:
LA FIESTA DE LOS
NIÑOS PÁJARO

CAMINO A TEPIC, SENDA LLENA DE CHARCOS en que carretas tiradas por bueyes avanzan sin conocer la prisa. Animales que hunden la pezuña entre lodazales mientras rumian las hierbas llenas de barro que van robándoles a las veredas. Sendero abierto inicialmente para el paso de mercaderías que venían desde el Oriente e iban hasta Guadalajara, desembarcando en el puerto de San Blas. Antiguo testigo de bonanzas que hoy se conforma con el paso de recuas, porque la Nao de China ahora descarga en Mazatlán para evitar a los bandidos que controlan la zona. Tukari Temai va por la vereda con paso fugitivo, agradeciendo que el lodazal de agosto no permita el paso de diligencias, ocultándose de las carretas que ocasionalmente se meten a los barrizales.

Los moscos lo atormentan, llegan desesperados de los esteros cercanos en busca de sangre. Nubes de jejenes que los bueyes intentan deshacer azotándose las ancas con el rabo. En tiempo de lluvias, el pueblo de San Blas se queda solo, pues sus habitantes huyen a Tepic, incapaces de enfrentar la turba de moscos que traen consigo fiebres y paludismo.

Con el corazón asustado golpeando sus costillares, Tukari Temai sale al camino y pide a un carretero que le permita subirse. El hombre se detiene y lo mira. Él le da unas monedas y obtiene el permiso. Se acomoda como puede sobre racimos de cocos. Con su sombrero espanta los moscos empeñados en el aguijonazo, mientras piensa que supo que quería ser *mara-*

akame desde que era niño, desde que, como una obsesión, la figura de un cantador cruzaba por su memoria. Tendría tres o cuatro años cuando esa imagen se le adhirió a la infancia. Era una estampa desdibujada, gelatinosa y temblona, parecida a un paisaje reflejado en charcos, en ella aparecía un *maraakame* con ropa ceremonial, dirigiendo los cantos marcados por el ritmo de un tambor. Hasta que creció pudo asociar estas imágenes con la festividad de Tatei Neirra, la fiesta de los elotes y las calabazas tiernas, festejo dedicado a los niños que año con año dirigía su padre.

El golpeteo en el tambor *tepu* llamaba a los pequeños a participar. Él, al igual que muchos chiquillos más, fue llevado al centro del patio *takuá*. Lucía nuevos calzones y camisa que Jainamari, su madrastra, bordó con hermosos colibrís de alas abiertas, flores tutú y águilas de dos cabezas que representaban a Tatei Werika Wimari, la madre Águila Joven, la Águila Niña. Tam... tam... percutió el tambor *tepu*, adornado para la ocasión con guirnaldas de cempasúchiles. El ayudante del *maraakame* templó el cuero de venado en que remataba el tambor, colocando lumbre entre las tres patas del instrumento. El humo ascendió por el cuerpo hueco del *tepu*, purificándolo, y después escapó por su agujero frontal para desbaratarse en la fugacidad del aire.

Igual que los demás chiquillos y como una petición de larga vida y salud, Tukari Temai llevaba el cabello adornado con pequeñas cruces de estambres multicolores llamadas *tzíkuri*, además de plumas de águila, detenidas por la banda de lana *kuzrira* que le adornaba la frente. Lucía en las mejillas dibujos pintados con el amarillo color de la raíz de *uzra*: dibujos de peyotes en flor, porque ese día iría a Wirikuta, la tierra donde crece la sagrada planta.

Desde la noche anterior el *maraakame* había pedido permiso a los bisabuelos sagrados para llevar a los niños a Wirikuta y fue hasta el canto número cinco que consiguió la licencia, por eso, sobre el altar estaban colocadas las ofrendas consistentes en elotes, calabazas, chiles, melones, pepinos y sandías; todo lo que había dado el sembradío y que nadie podía comer sino hasta que se ofreciera primero a los bisabuelos. A un lado estaban también las jícaras con agua sacra y cuencos en que flotaban pétalos de flores. Llenando de colores el ofrecimiento, lucían las *tzíkuri;* multitud de crucecitas de estambre que llamaban la atención de los más chicos. Cuando las manitas torpes hacían el intento de cogerlas, siempre había alguien para impedirlo. Eran muchas crucecitas: una por cada año de edad de los participantes. Sobre una cuerda colgaban las gráciles motas de algodón de pochote que representaban el alma de cada niño. Era la fiesta dedicada a ellos y todos debían participar a su manera: los recién nacidos en brazos de sus madres, los que ya caminaban sentados en el suelo. Con tan solo cinco años y expresión grave y respetuosa, Tukari Temai agitaba sus sonajas al ritmo del tambor, mientras el cantador se disponía a conducir sus espíritus hacia las tierras luminosas.

—Tatutzima, Tateteima y Tamatzima, bisabuelos, madres y hermanos mayores, les estoy presentando a estos niños que hoy van a volar a Wirikuta, sin dejar de pasar por Tatei Matinieri y Ririkitá. Los nombraré para que ustedes sepan quienes son los que cumplen con sus obligaciones. Conmigo están los padres, que saben llenar a sus hijos de costumbre. Me piden salud y larga vida para ellos: háganles caso, padres —pidió el *maraakame* Jaimana Tineika al iniciar.

—*Ne turi*, niñitos míos, hoy van a saber nuestras historias. Dejen que los lleve mi canto; volaremos hasta tierras sagradas donde hay mucho peligro, pero ustedes no tengan miedo porque el sonido de mi tambor *tepu* sabe espantar malos espíritus. Tatei Werika Wimari, nuestra madre Águila Niña y Tatutzi Mazrra Kuarrí, el bisabuelo Cola de Venado, nos irán guiando, acérquense a las plumas de nuestra madre Águila Niña y fíjense bien en los caminos. Yo iré nombrando los lugares que vamos a pasar y les diré qué persona sagrada vive allí. Traten de aprenderse el recorrido, repitan conmigo el canto, dibujen en su cabeza y en su corazón el camino —dijo el *maraakame*, y los chiquillos movieron afirmativamente la cabeza—. *Turi ukí*, niñitos, *turi uká*, niñitas, cierren los ojos, muevan sus sonajas al ritmo del tambor, repitan cinco veces cada canto. Piensen que ya no son niños sino chuparrosas con plumas de colores y piquito largo. Nuestra madre, el Águila Niña, los espera, vamos rumbo a Wirikuta —explicó el cantador, y las sonajas buscaron acoplarse al redoble y a la voz—. ¡Salgamos, mis pequeños sonajeros, salgamos agitando nuestras *kaitsa*, nos espera el peligro y el camino!

El tambor resonó, acompañado del rumor de un caracol marino que hacía las veces de trompeta. Un golpe con la mano derecha y dos rápidos con la izquierda marcaron el ritmo para las sonajas de los niños colibrí. Tan, tarán, tan, tarán, tan, tarán, tambor y sonaja unidos en un rito, sonido monótono, rítmico, predecible, que lentamente fue induciendo al sueño, a la creencia de que se era pájaro y se podía volar. Dispuesto al viaje, el *maraakame* se despojó de su cuerpo: era todo espíritu; los niños hicieron a un lado su cuerpo menudo y se vistieron con alas y plumas. Los lugares sagrados y los dioses los estaban esperando.

Con los ojos cerrados, el *maraakame* escuchaba a las deidades, ellas dictaban las palabras que entraban por sus oídos y se hacían tonada en su boca. Los niños las repetían cinco veces. Cinco veces el nombre de un lugar y de un protector voló por el patio *takuá* hasta que se adhirió a la memoria de los aprendices. Viaje placentero, ritmo lento y cantar suave; hipnotismo colectivo: los pequeños se perdieron en mundos imaginarios y gritaron de miedo cuando en el canto, la madre Águila Joven los hizo volar rápido o sobrevoló un pueblo habitado por teiwarriris vecinos: hombres malos que siempre han dañado a los huicholes. Llegaron al lugar de máximo peligro: las puertas de nubes que se abrían y se cerraban buscando atraparlos.

—Tatutzi Mazrra Kuarrí, bisabuelo Cola de Venado, abre con tus cuernos estas puertas, estas puertas de nubes, llenas de truenos y resplandores, llenas de trampas y peligros. Deja pasar a mis pequeños chuparrosa que sólo buscan conocerte.

Una niña se soltó llorando, los demás apretaron párpados y puños: el miedo a quedar preso estaba presente. Después de ruegos y cantos se restableció la calma, la niña dejó de llorar y agitó nuevamente sus sonajas. Los niños pájaro siguieron adelante.

—¡Desde aquí yo estoy parado, desde aquí miro que llegamos a Tatei Matinieri! ¡No crean que es mentira, hay casas rodeadas de agua, son las casas donde viven ellas, nuestras madres que están viendo para acá!

Tukari Temai imaginó el fondo de los manantiales, su padre le había dicho que estaba lleno de piedras de colores. Pensó que debía cruzarlos en cinco saltos, sólo cinco, para que ninguno de sus acompañantes se enfermara.

—¡Nuestras madres vienen a recibirnos! ¡Son las madres de las nubes! De las nubes del Este y el Oeste! ¡Qué alegría les causa que los niños las visiten, su corazón se llena de sonrisas! Viene nuestra madre Tatei Niwetukame, la que les puso el alma, la que dijo: tú serás una niñita, aquí están tus pulseras y tus jícaras. La que dijo: tú serás un niño y aquí están tus arcos y tus flechas.

Tukari Temai trató de imaginar el rostro de esa diosa. Debía tener una cara bonita, parecida a la de su madre. ¿Cómo había sido su madre? ¿Por qué cuando preguntaba no sabían decirle exactamente cómo era?

—¡Sientan el abrazo de nuestras madres! Aquí están todas ellas, no crean que es mentira, dejen que los conozcan, que sepan que cumplen el costumbre.

El canto siguió. El *maraakame* dijo que habían llegado a Wirikuta, la tierra llena de luz. Ahí se encontraba el cerro quemado, sitio en que nació el sol y donde los niños podían ver el agujero grande y negro por donde brotó para treparse al cielo. Wirikuta era un lugar mágico donde el venado se convertía en peyote, y podían comerlo los que, como ellos, cumplían con los dioses.

—¡Mastiquemos el *híkuri*, flor de colores encendidos! ¡Mastiquemos el *híkuri* para hablar con Tatutzima, con Tateteima, con Tamatzima! —cantó el *maraakame* mientras en vez de peyote les ofrecía trozos de fruta. Él recibió ese alimento deseando que pronto le dieran el híkuri verdadero, el que permitía ver y escuchar a los abuelos.

—A ustedes, los sagrados que me dijeron «Lleva a los niños a las puertas de nubes», les aviso que ya los he llevado. A ustedes, que me dijeron «llévalos hasta las raíces de *uzra* para que aprendan a pintarse la cara como *wirraritari*», les digo que ellos ya conocieron la pintura amarilla que deben usar. A ustedes, que me pidieron que les enseñara el camino a Wirikuta, a Ririkitá y el cerro quemado, les digo que la tierra luminosa ya sintió lo pequeño de sus pasos. —Jaimana Tineika siguió cantando mientras Tukari Temai imaginaba que los dioses no dejaban de mirarlo.

Siguió luego la ceremonia de despedida, dejarían Wirikuta. Se estremeció al sentir cerca a los dioses, alguien lo abrazó lenta, cariñosamente, y dos lágrimas brotaron de sus ojos cerrados.

—Aquí están mis pequeños chuparrosa, mis pequeños y amados niños pájaro. Hoy conocieron caminos muy sagrados. Abrácenlos, abuelos, sosténganlos para que no vayan a caerse en las barrancas de la enfermedad y la muerte; para que nunca renieguen de su mundo. Ellos son nuestra esperanza; se les está formando el corazón wirrárika, heredaron nuestra sangre, nuestra flecha y nuestra jícara. Tateteima, Tatutzima, no vayan a olvidarlos.

Era hora del regreso, oscurecía y el cantador tuvo miedo de que se hiciera de noche en lugares tan peligrosos. De nuevo el vuelo, otra vez el paso por los lugares sagrados en que cada colibrí se despidió de los creadores. Guiados por las alas de la madre Águila Joven volaban aferrándose al sonido del tambor que ya no era sonido, sino un cordón grueso e invisible que sostenía sus espíritus. Guiados por Tatei Werika Wimari y el *maraakame*, regresaron dos hileras de pajarillos.

—Ya llegamos, cumplí con traer a sus hijos, ellos dejaron su cuerpo aquí mientras su corazón y su pensamiento iban conmigo —aseguró el *maraakame* Jaimana Tineika.

Siguió el baile en que hombres y mujeres se dejaron llevar por el ritmo de las danzas. Golpeaban fuertemente el suelo, giraban siempre alrededor del abuelo Fuego. Baile de toda la noche en que los pies se movieron haciendo ruegos a los dioses. Muy de mañana, su padre *maraakame* fue hacia el altar donde estaban los primeros frutos del *coamil*: elotes, calabazas cocidas, melones, pepinos y sandías. Tomó algunas frutas para ofrecerlas a las cinco regiones del mundo.

—Ustedes, los sagrados, hágannos el favor de probar primero lo que da la milpa, hasta que lo hayan probado podremos comer nosotros. Coman, padres, acaben nuestro ayuno.

La ceremonia de Tatei Neirra siempre va a regresar a los recuerdos de Tukari Temai. Retornará igual que las olas del mar vuelven a la playa; volverá impregnada de emoción, nostalgia y admiración por su padre, el *maraakame* Jaimana Tineika.

Con el cuerpo adolorido por ir sobre los cocos que lleva la carreta, Tukari Temai no olvida que desde los pocos meses de edad y hasta los cinco años fue protagonista, a los siete era observador y a los ocho tuvo que despedirse de sus compañeritos. Ya había asistido cinco veces a la fiesta de los niños pájaro, y eso lo convertía en *werikarri*, aguilita conocedora de los caminos sagrados. Ya estaba autorizado para ir —a pie y sudando— al largo viaje que los adultos hacían hasta Wirikuta. Se volvió águila desde los ocho años y junto con el mapa de los lugares luminosos, guardó en el corazón el deseo de convertirse en *maraakame*.

—De qué me sirvió ser águila desde chiquillo si *horita* nomás ando escondiéndome como zanate. Parezco pájaro dañero al que todos quieren apedrear y correr de las milpas. Mejor me hubiera quedado allá, en la sierra, a que me colgaran de un árbol… Estaría campaneando de una rama, no que así, ando como la zanatada en tiempos de cosecha —dice entre dientes y vuelve a cerrar los ojos con desgano.

TEAKATA

HA LLEGADO A LA PEQUEÑA CIUDAD DE TEPIC. Las casas, las calles, los comercios y jardines que antes le causaban una secreta admiración, hoy le parecen tristes y peligrosos. Encuentra al fin un alojamiento para gañanes, compuesto apenas por cuatro paredes a punto de caer y un techo cuarteado que difícilmente lo libra de la lluvia. Se tira en el camastro de paja toda la tarde. Al levantarse enciende la mecha del candil y frente a un trozo de espejo manchado por el salitre, empieza a matar a Tukari Temai.

Se desenreda la trenza que a manera de chongo lleva sujeta sobre la nuca. Liberado, el largo cabello le cubre la espalda. Cuando lo está cortando a la manera de los mestizos, se da cuenta de que sobre su cabeza aún luce la banda *kuzrira*. La retira de su frente y piensa que profana el recuerdo de su padre. Banda de lana con bordados de flechas y cuernos de venado que representan a Kauyumari; con bordados de garras de león que simbolizan a Mayé; con crótalos que hablan de Rainú, la serpiente de cascabel. Lleva tantos años con ella puesta... La acaricia mientras evoca las palabras paternas:

«Mi hijo, *ne nibe*, *ne nunutzi ukí*, ahora que te completaste como *maraakame* puedo coronarte con los cuernos de Kauyumari. Esta *kuzrira* la tejió mi madre y tiene mucho poder. Te la doy porque sé que sabrás llevarla, porque ya tienes corazón wirrárika y entiendes que necesitas cuidar a nuestra costumbre y a nuestra gente. El venado, el león y la víbora te pidieron para curandero: lleva sus señales para que te protejan».

Se desnuda y coloca las ropas que le quitó al muerto sobre una silla desvencijada, acomoda con mucho respeto la cinta, deposita también los mechones de cabello recién cortados, hace un atado con todo y procede a vestirse como mestizo.

—No puedo tirar ni mi *kuzrira* ni mi pelo nomás así. Mejor los quemo, que el abuelo Tatewarí se los coma con sus llamaradas —dice en voz alta, como si platicara con su sombra.

El espejo le devuelve la imagen impersonal de un hombre vestido con calzones y camisa de manta, y un ancho sombrero. Ningún bordado resalta sobre el blanco amarillento de la tela. Ése es él, un fugitivo ni huichol ni mestizo que no se parece al famoso *maraakame* que dejó la sierra. Se derrumba sobre el camastro y llora para lavar los ojos y el corazón. Ese mes de agosto de 1850 acaba de morir Tukari Temai, y él necesita llorar su muerte.

¿Por qué piensa tanto en su padre? ¿Por qué Jaimana Tineika se empeña en poblar sus añoranzas?

—¡Padre, mi padre, *ne yeu!* ¡Anoche soñé que un leoncito venía a jugar conmigo! ¡Qué de brincos y revolcadas hacía! Me correteaba y yo nomás a la risa y risa de que fuera tan juguetón conmigo. Me puso encima dos de sus patas y fue resbalándolas despacito por mi cuerpo mientras me lamía las manos.

Al oír esto Jaimana Tineika quedó asombrado: su hijo, de escasos nueve años, había soñado a Mayé, el león que escoge a los *maraakate* buenos. Para él, el sueño era claro: Mayé estaba pidiéndole a Tukari Temai para volverlo cantador.

—Mi niño, *ne nibe*, cuando tú naciste hice una flecha con adornos de hilo rojo y negro y le colgué un *tzíkuri* de colores. Con esa flecha pedí a nuestros abuelos que tuvieras una vida larga y sin males. Pero aparte hice otra a la que le colgué un huarachito tejido y también un arco y fui a dejar las dos hasta Teakata, un lugar muy sagrado. Con esa otra flecha le estaba pidiendo a Paritzika, el señor de los venados, que te enseñara cómo cazarlos, y a Tateteima y Tatutzima que guiaran tu huarache para que de grande fueras *maraakame*. —Alcanzó a decir el padre antes de que las lágrimas rituales corrieran por sus mejillas, curtidas a golpes de sol y lluvia.

—Entonces… ¿Soñé que Tatutzima me están pidiendo para cantador?

—Así parece *nunutzi ukí*… Puede ser que Mayé te pide para *maraakame*, los sueños son las órdenes que nos dan nuestros mayores y debemos hacerles caso porque son los modos que ellos ocupan para pedirnos cosas. Yo estoy pensando que Mayé me habla por medio de tu sueño y que me dice: «Jaimana Tineika, prepara a tu hijo Tukari Temai, porque quiero que me sirva como curandero y guía».

—¡Sí, llévame, quiero ser *maraakame*! ¡Quiero cantar las historias sagradas como lo haces tú!, ¡quiero curar con las plumas mágicas y los espejos de mis *muvieris* y soñar los consejos del abuelo Fuego! A veces me pienso que ya estoy grande y llevo gente a Wirikuta; que como ya soy cantador completo me escogen para guiarlos y me formo hasta adelante, en el lugar que ocupa el *tatewarí maraakame*. ¡Padre: llévame ahoritita a Teakata! ¡Ofréceme a los bisabuelos como te pide Mayé! ¡Diles que me enseñen…!

—Voy a llevarte, pero no ahoritita como quieres. Necesito hacer las ofrendas que me encargó Mayé. Fíjate cómo las hago. Enséñate a que nunca debes ir a las casas sagradas con las manos vacías.

—¡Sí padre, me fijaré, ya verás que aprendo recio!

Jaimana Tineika se apresuró a tener listas las ofrendas. Mientras caminaban hacia las cuevas de Teakata, el padre instruía al hijo sobre la importancia de los lugares sagrados.

—Teakata es un sitio muy delicado para nosotros, por eso hay que entrar con mucho respeto.

—¿Es más delicado que Wirikuta?

—Son igual de delicados, pero Teakata queda más cerquita, nomás nos metemos a la mitad de la sierra y ni tenemos que salir de nuestras barrancas ni toparnos con los teiwarirris vecinos, como pasa cuando vamos hasta las tierras del divino luminoso.

El camino fue largo, lleno de despeñaderos. Jaimana Tineika no lo dijo, pero ir a Teakata era caminar por veredas inventadas a golpes de machete, transitar por la orilla de precipicios y jugar al equilibrista todo el tiempo.

Tukari Temai siguió las indicaciones del padre, iba con los ojos muy abiertos, impresionado por la magnitud de la garganta de roca por la que descendían. Le atemorizaban los murallones de piedra, labrados por la furia del río Chapalagana, que bramaba al fondo de la barranca. ¿Cuántos años llevaría limando pedruscos y lanzando sobre los obstáculos su fuerza líquida? Agua turbia, brava y crecida por la temporada de lluvias; ímpetu capaz de horadar rocas, arrastrar árboles o dejarse ir en cascadas, sólo por cumplir con el objetivo elemental de llegar al mar. El río —en paciente trabajo de siglos— había herido peñascos que parecían cortados a machetazos y con ellos había formado paredes casi verticales que rematabanen un techo de vidrio azul, luminoso y milenario llamado cielo.

Bajaron durante horas por caminos zigzagueantes, él soportó el miedo que le producía quedar completamente cubierto por hierbazales. Con las manos levantadas se protegía el rostro de los tallos húmedos que le dejaban gotas de agua sobre todo el cuerpo. Qué desagradable sensación provocaban los hilos de las telarañas al untársele en el cuello. Tenía ganas de gritar, de correr a abrazarse del padre que iba pasos adelante. Sabía que estaba protegido por la banda *kuzrira* que llevaba en la frente, deteniéndole la melena; sabía que la mágica banda lo defendería del piquete de los alacranes porque tenía bordados a esos animales y nada más por eso, ninguno se acercaría a picarlo, pero el miedo lo impulsaba a abrir desmesuradamente los ojos. La hierba, al rozar sus pantorrillas desnudas, le dejaba la impresión de víboras trepadoras, casi sentía sus cuerpos anillados sobre las piernas. Contuvo el grito y caminó de prisa, buscando mantenerse cerca del progenitor.

—¿Por qué te quitas con las manos las yerbas altas?; al revés: deja que te mojen porque el rocío es bueno para no enfermarse. ¿No ves que esas gotitas las mandan las madres de la lluvia? La humedad de los zacatales ayuda, hace que tus pies se vuelvan fuertes y que camines aprisa y sin cansarte. Debes dejar que esa agua te bañe, que te resbale en la espalda para que te la haga maciza y nunca te quedes jorobado. —Le advirtió el padre y él se dio cuenta de que en todo había un aprendizaje.

Avanzó rápido. Su sobresalto lo hizo tropezar y levantarse de inmediato, sentía más temor a perderse en laberintos verdes que a ser amonestado por su torpeza. El río Chapalagana, desde el fondo de las paredes cortadas a cuchillo, lo llamaba con sus voces de agua. Ternura y furia: lenguaje simulador de arrullos, quejumbrosa expresión de la naturaleza anciana y joven al mismo tiempo; lamento que parecía ir y volver sobre hilos líquidos para convertirse en bravuconada sobre la indiferencia oscura de las piedras. Tukari Temai no dejaba de contemplar la raya turbia e inaprensible de agua que abajo contrastaba con el verdor de helechos gigantescos.

Esa vez aprendió a equilibrar el cuerpo, a bajar la cadera y flexionar las rodillas para no irse de frente o rodar por el abismo: una lección más para el pequeño discípulo del *maraakame* Jaimana Tineika, que no se cansaba de abrir sendero. Se alegró de pisar al fin las arenas del río, de sumergir ambas manos en el agua alborotada para formar un cuenco y beberla a sorbos. Se entretuvo cortando orquídeas y rojas tunas de garambullo.

—No te desbalagues tanto, hay que estar atentos a la cruzada del río en cuanto el agua baje. En este tiempo de crecidas, las aguas se alebrestan y uno tiene que esperarse días a que deje de llover con tantas ganas —dijo el padre al abandonar la sombra de un helecho.

Ya en la otra orilla, mientras comía tortillas tostadas y pinole, no dejó de levantar los ojos: quería llevarse en las pupilas aquel extraño paisaje en el que algún bisabuelo construyó terrazas escalonadas sobre los paredones y todo parecía al revés. Arriba quedaba el mundo: arriba estaban los acahuites, robles, cedros, pumas y pájaros cruzacaminos; abajo había cuachalalás, alacranes y pájaros azules. Arriba, la luz del sol resaltaba el color rojizo de los murallones y en contraste, como una transparente piedra azul, se recargaba en los bordes el cielo del mediodía.

Subieron de nuevo, continuaron el verde itinerario para ir descubriendo pequeños bosques y densos matorrales. Tukari Temai, con su camisa bordada con colibrís y flores, era una manchita blanca que tropezaba para ponerse de pie inmediatamente y correr a alcanzar al protector. Llovía; una lluvia mansa y casi tibia les lamía la ropa. Cansada de bañarse, la tarde se sentó a descansar sobre el camino, bostezó y su vaho oscureció el color de los ramajes. El padre apresuró el paso: era necesario ganar la cumbre o buscar el refugio de una cueva porque hacía rato que escuchaba cercanos los rugidos del puma.

—Todo esto fue nomás para cruzar el río, todavía nos falta andar hasta el cerro del Tigre y darle la vuelta a su loma. Cuando lleguemos allá estaremos cerca de Teakata. Ya duérmete; Tatewarí te calentará los huesos mientras te cuido para que no te pase nada —le dijo un padre vigilante a un chiquillo extraviado ya en las nebulosas del sueño.

La caminata se reanudó con el amanecer. A espaldas del cerro del Tigre se abría un barranco. Descendieron en silencio hasta llegar a una caverna que parecía labrada por la furia de un río y que era la puerta de entrada a Teakata: templo natural formado por dos rocas en equilibrio, rodeadas a su vez por infinidad de pequeñas piedras.

—Mira, hijo, aquí está el bisabuelo Kupemete, él es ciego, pero si le traes sus flechas, te cuida para que no te enfermes de los ojos, ni te los lastimes con las ramas de los caminos. Kupemete, mi bisabuelo, aquí están las flechas *urú* que te gustan, aquí te las dejo. Con ellas te pido que cuides mis ojos, los de mis esposas y los de mis hijos —rogó Jaimana Tineika. El dios ciego lo escuchaba desde su forma de roca ennegrecida que sobresalía de las paredes: piedra llena de grietas por la que el agua goteaba lentamente—. Así como se le escurre el agua a

Kupemete, así también chorrean los ojos de la gente que se pone mala. Si te untas esta agua, nadie podrá hacerte mal de ojo —le dijo su padre al tiempo que metía pedazos de algodón de pochote en las ranuras húmedas y con ellos le tallaba los ojos.

Entraron a un templo de piedra y los recibió un arroyo que corría blandamente formando charcos y ojos de agua. La caverna tenía una grieta por la que salieron a un pasadizo y bajaron a un llano cubierto por árboles. Un arroyo se precipitaba al fondo; grandes rocas le impedían el paso y lo desbarataban en pequeñas cascadas que humedecían las aberturas de numerosas cuevas.

—*Ne nibe*, mi hijo, para que crezcas fuerte tengo que bañarte en todas las cuevas a las que entremos, mejor quítate los trapos y anda a ráiz. Entiende que el agua es sagrada porque nos ayuda a vivir. Cuando seas *maraakame* tienes que acarrearla en bules grandes desde aquí. No importa lo que pesen los bules, debes llevarla porque la vas a ocupar para bañar ofrendas en las fiestas, o para mojar la cabeza de los que estén tan enfermos que no puedan venir a bañarse acá.

Después de los baños visitaron una cueva espaciosa sobre cuyo piso también corría un hilo de agua, en un extremo había una fuente.

—Esta fuente tenía una piedra hueca que parecía jícara. Todos sabíamos que era la jícara con que la abuela Crecimiento nos ofrecía su agua mágica. Alguien metió aquí a un *teiwari* vecino, uno de esos que se nombran padrecitos de iglesia y te hablan de un dios que ellos mataron. Ese hombre se encorajinó y rompió la jícara para acabarnos el costumbre de visitar a la abuela. Nomás consiguió que todos se enchilaran y por poquito lo matan —dijo Jaimana Tineika y se trepó a la pared de la cueva. De una oquedad próxima al techo sacó una figura que representaba a la hacedora del mundo—. Esta es tu Abuela, la Takutzi Nakawé. Es la madre del crecimiento y de todos nosotros. Ya está viejita, vele sus cabellos blancos. Aquí tiene su jícara, para que tome agua cuando sienta sed y su cama y su silla para que descanse. A ella le gusta que le regales bastones porque camina mucho… Esta es una de sus casas, pero también vive abajo de la tierra, desde allí empuja a las yerbas y las matas para que broten del suelo y crezcan y se llenen de las frutas y semillas.

Tukari Temai se quedó mirando la figura de una anciana sonriente tallada en madera y apoyada en un bastón. Vio su jícara llena de pedacitos de algodón, alguien había ido a pedirle lluvias. ¡Con razón lloviznaba tanto! Se inclinó humildemente en señal de respeto.

Siguieron caminando hasta llegar a otra cueva.

—Aquí nació por primera vez Tatewarí, el abuelo Fuego, cuando estaba chiquito era aquella piedra de volcán y brotaba en forma de chispas. Ahora tiene un *ríriki* nuevo: te voy a llevar a verlo porque te debo ofrecer a él.

Desanduvieron el camino hasta llegar a una pequeña explanada, casi al borde del abismo, en la que estaban construidos seis templos.

—Apréndete que estos *rírikis* son para Tatei Uteanaka, la madre de los pescados, Tatei Aramara, la madre del Mar, Kauyumari, la sagrada Persona Venado, Kupemete el cuidador de los ojos, Tayau el padre Sol y Tatewarí el abuelo Fuego —ordenó su padre y él trató de grabarse los nombres de los dioses y el orden en que estaban sus adoratorios.

Entraron al templo de Tatewarí, el abuelo Fuego. Tallado toscamente en piedra volcánica y rojizo a causa de ofrendas de sangre, Tatewarí cargaba sus bules para el tabaco sagrado como todo *maraakame*. Estaba colocado sobre un disco de piedra que cubría el sitio en que se guardaban sus llamas, siempre encendidas. Jaimana Tineika le ofrendó flechas y jícaras. Después, con mucho respeto, le talló los pies para arrancarle partículas de polvo y comérselas.

—Hijo, comí un poco de la forma de Tatewarí, de este modo, mi abuelo me dará sus pensamientos y ya no podré probar ni sal ni mujer en cinco meses. Los que apenas están aprendiendo a ser cantadores duermen aquí para saber su destino, aquí, junto a este agujero que llamamos *tea-ka* —dijo el padre al remover un disco de piedra y mostrar un agujero lleno de ofrendas. Jaimana Tineika lo presentó con voz emocionada:

—Abuelo Tatewarí, traigo a mi hijo porque soñó a Mayé. Quiere ser cantador, tú ve si te conviene su servicio. Aquí tienes a mi niño, dame señales para que yo sepa si sirve o no para *maraakame*.

Durmieron en la cueva. A medianoche, Tukari Temai despertó al sentir un viento fuerte sobre el rostro. Silbaba el aire. Lleno de susto, descubrió que aire y zumbido provenían del agujero *tea-ka*. «Hijo, si en la noche algo te despierta, prende esta vela y mira bien lo que es». Le había dicho su padre antes de dormir. A la luz tenue de la vela, Tukari Temai vio cómo temblaba la piedra del agujero *tea-ka* y las ofrendas eran barridas por el ventarrón. La fuerza del aire removió el disco pétreo y del interior salió un venadito azul, que, retozón, fue hacia él e hizo juguetones intentos de golpearlo con la testera, para después abandonar la cueva con gracioso trotecillo.

—¡Ese venadito que se te apareció era el Tamatz Kauyumari que ven los niños! Debiste seguirlo, hijo, a lo mejor algo quería mostrarte. Necesitabas quitarle una pezuña —dijo el padre, emocionado y contento. Seguramente Tamatz Kauyumari vio en su hijo la disciplina e intuición que él ya había notado. Guardó silencio un rato y añadió después—: Si el venadito vino a conocerte y se fue dando de brincos es porque le caíste bien, es porque sí te quiere de cantador. Hijo, ¡voy a prepararte!, ¡tú vas a ser el mejor *maraakame* de por estos rumbos!

Tukari Temai se estremece. Ha tomado la banda *kuzrira* y la angustia y la culpa lo carcomen. Tiene la certeza de que donde quiera que el alma de su padre esté, ha de estarlo viendo con la más profunda desilusión.

TURIKITA

APENAS AMANECE CUANDO Tukari Temai deja el alojamiento. Tiene prisa por ir no sabe a dónde. La ansiedad sólo le permitió dormitar por momentos; cada que abría los ojos se reforzaba en él la intención de alejarse más de la posibilidad de ser reconocido. Ahora, mientras va por las calles lluviosas y anegadas de Tepic, lucha contra su deseo de regresar a la sierra y enfrentar a sus perseguidores. Trae bajo el brazo, envueltas, las ropas del muerto y las cenizas de la *kuzrira;* al pasar por un sembradío encharcado las avienta y se queda mirando cómo el agua lodosa las va impregnando. A corta distancia se hincha el cadáver de un perro amarillento; él se siente un muerto que camina.

—Turikita —murmura y vuelve a flagelarlo el pasado.

Antes de dejar Teakata, su padre lo llevó a la cueva de Turikita. Sus ojos gustosos y asombrados recorrieron las paredes llenas de ofrendas, entre las que destacaban multitud de pequeños rombos de estambre de colores, regados por todas partes. Quiso tomar uno y Jaimana Tineika se lo impidió. Fue hasta ese momento que notó la tristeza tan grande que su padre traía en los ojos.

—*Ne yeu,* ¿para qué entramos aquí?

—Hice promesa de traerte cada que viniera a Teakata. La madre Turikita nos ayudó con algo que tu madre y yo le pedimos y debe ver que le estoy agradecido.

—¿Qué le pidieron, *ne yeu?*

—Le pedimos que nos naciera un hijo... Tú te tardabas mucho en llegar... desde que a tu madre y a mí nos juntaron como lo mandan los mayores, no hicimos otra cosa que esperarte. Le rogábamos a Tateteima y a Tatutzima que ya te mandaran. En la casa hacían falta lloridos y risas de *nunutzi*. Tu mamá quería tener muchos hijos míos, pero acabó conformándose con pedir uno. La llevé hasta *Wirikuta* para buscar ayuda. Me daba pendiente que caminara tanto porque era flaca y enfermiza. Cuando la miré caminar días y semanas nomás por la ilusión de tenerte, supe cuánto te quería.

—Wirikuta está retelejísimos. ¿Llegó hasta allá nomás para pedirme?

—Sí, *ne nibe*, sí, mi hijito… cuando pasamos los manantiales de Tatei Matinieri, el *tatewarí maraakame* metió un ramito de flores en los manaderos y le roció la cara, luego le dio a tomar de esa agua en una jícara y acabó bañándola todita. Ella me dijo que les pidió un niño a nuestras madres Agua cuando el cantador le pasó un *híkuri* por la panza. Al llegar a Wirikuta volvimos a pedir un *nunutzi*, niño o niña, lo que fuera, queríamos uno, solo uno.

—Soy malo, *ne yeu*, soy malo, no quise llegar cuando ella me pedía, no quise que pronto se alegrara su corazón —dijo angustiado Tukari Temai.

—No, hijo, eso no depende de uno: eso es cosa de los abuelos que pueden enojarse y hacer que no oyen lo que pedimos, o estar tan a gusto con la ofrenda, que dan de más. Yo seguí yendo a Wirikuta como *maraakame*. Cuando pasábamos al cerro que le nombran Turi Guajiri, de los chiquillos, los demás subían a dejar la jícara en que ofrecían a sus hijos al mundo, o una flecha que traía colgado un par de huarachitos, para pedir a Takakaima que cuidaran el huarache de sus hijos y también los enseñaran a bailar bien. Yo me quedaba abajo, tratando de no sentir envidia, porque no deben tenerse malos pensamientos cuando se va a ver al divino luminoso.

»Se nos estaban pasando los años y seguíamos solos. Por eso fue que tu madre me dijo que estaba cansada de pedir hijos, que a lo mejor no servía para eso, que me daba permiso para agarrar otra mujer. Me pidió que agarrara de mujer a Jainama-ri, la más grande de sus hermanas, porque acababa de quedarse viuda y tenía dos niños chiquitos. Eso era prueba de que me daría familia… Me pidió permiso para ir a su casa a hablar con sus papás y pedirles a su hermana para mí. Yo no quería otra mujer, con ella estaba a gusto.

»Como el tiempo seguía pasando, tu madre fue a pedir a su hermana para mí. Tamaiku y Jainamari llegaron juntas, y Tamaiku me dijo que ahí estaba mi nueva mujer. Ya me tenía arreglado el último *karretune*. Yo no me acomodaba a tener dos. Los hijitos de tu tía Jainamari alegraron la casa: tu mamá se desvivía cuidándolos. Por más que a aquella le nacieron hijos míos, siempre anduve con la tentación de tener uno con tu madre. Un día soñé que debía traerla aquí, a Teakata, a esta cueva de Turikita que es la cueva de la que da los niños.

—¿Aquí me pidieron?

—Sí, aquí mero. Trajimos *tzíkuris*, jícaras, velas, flechas y dormimos junto a esa piedra. Ella despertó al oír el vaguido de un niñito que lloraba como los recién nacidos. Abrió los ojos y vio un *nunutzi ukí* que venía gateando para acá. Lo dejó acercarse, cuando lo iba a tentar, el niño se fue gateando rápido y se perdió entre aquellas piedras. Me despertó llena de lágrimas. Regresamos contentos de Teakata: ya sabíamos que tarde o temprano los abuelos nos iban a regalar un hijo.

—¿Todavía me tardé mucho en llegar?

—Ya fue más rápido, yo la ayudé a que nacieras.

—Mi mamá se llamaba Tamaiku, ¿verdad?

—Sí, Tamaiku se llamaba y era así de bonita como lo dice su nombre.

—¿Por qué se murió?

—Yo tanteo que a lo mejor cansamos a los abuelos con tanta rogadera. Puede que los hayamos enfadado con tanta súplica y por eso nos dejaron a nuestra suerte. Ella se me murió casi cuando tú naciste, pero te alcanzó a conocer; todavía te dio a probar de su leche.

Tukari Temai interrumpió la narración para llorar abrazado a su padre. Se sentía terriblemente culpable

—No fue culpa tuya. Todavía no sé por qué murió si en cuanto supimos que nacerías hicimos ofrenda. Yo vine hasta Teakata a dejar flechas que tenían pedacitos de tela bordados con su figura, para que tu nacida fuera fácil. Nos quitamos collares y todo lo que traíamos colgado del pescuezo para que no te enredaras con la tripa que traen los recién nacidos. Prevenimos todo, cumplimos las cosas que prometimos, y de todos modos ella se murió. A lo mejor si ella hubiera agarrado al niño llorón... a lo mejor nomás con tentarlo se salvaba... pero el niño ése se escapó gateando y se perdió entre aquellas piedras.

—¿Qué dijo mi mamá cuando nací?

—Te dio muchos besos. Ya estaba rete mala; te abrazó mucho antes de quedarse dormida. En ese tiempo yo me sabía canciones para curar muchos males, pero no sabía la canción para curar un mal nacimiento. Toda esa noche fue pedirles a Tatewarí y a Kauyumari un consejo; quedármele viendo al abuelo Fuego para soñar el modo de salvarla, pero de tan desesperado, ni siquiera soñé... Tu madre ya estaba desvariando cuando me dijo: «Ya está amaneciendo, ya huele a tierra llovida; briznó mucho por la noche, todo está húmedo... Oye los grillos, oye las ranas que cantan junto al río... Aunque ya no tenga fuerzas y se me cierren los ojos... este amanecer es bonito porque hoy nació el hijo que quisimos tanto... por eso estoy soñando que nuestros bisabuelos me aconsejan, quieren que nuestro *nunutzi* se llame día nuevo y hermoso: te pido que le pongas ese nombre, te pido que le pongas Tukari Temai...»

La voz de Jaimana Tineika tembló. Se quedó un rato mirando el suelo, luego susurró:

—Ni había ranas ni había llovido, pero ella veía eso. Se le olvidó despertar y no me quedó más remedio que enterrarla.

Le dolió saber esa historia. Miró detenidamente la cueva de Turikita, pidió al padre que le señalara de entre qué piedras vio su mamá salir al niño llorón. Quiso quedarse un poco más, espiar, ver si descubría algún escondite. ¿Dónde se quedó a dormir mi madre?, ¿qué lugares tentó?, ¿qué más le dijo? Atosigó al padre, que con los ojos enrojecidos dejó la cueva. Tukari Temai se tiró al suelo como buscando la tibieza del cuerpo materno.

—Tamaiku, mamá, ¿cómo era tu cara? —dijo. Fue doloroso darse cuenta de que no le quedaba ningún recuerdo de ella. Empezó a recorrer la cueva buscando; a lo mejor su voz todavía estaba guardada en alguna grieta y de pronto salía para que él la conociera; a lo mejor se le cayó un cabello, un trocito de estambre, algo que él pudiera guardar…

—Tamaiku, Tamaiku, soy tu hijo —repitió hasta cansarse. Pero la cueva no guardaba ni calor ni palabras que pudieran untarse sobre el corazón. Nada le pudo cubrir la enorme tristeza de no tener mamá.

Sobre el camino real que lleva a Guadalajara ve una carreta y corre a alcanzarla.

—¡Señor!, ¡señor…!, si usted vas para Guadalajara llévame, yo voy para allá —le pide al carretero. Antes de que éste le niegue el favor, saca del morral un puño de monedas y se las muestra. Sin detenerse, el carretero hace un movimiento con la cabeza indicándole que se suba.

Tukari Temai trepa de un salto y se acomoda entre la carga de barriles y maderas. Agradece el silencio del carretero al que no le interesa saber de dónde viene o qué va a hacer a Guadalajara, sólo las monedas que trae para pagar el viaje. En cuclillas, recargado en un barril y cubierto con su sombrero, deja que los ojos se le cierren mientras las bestias pisan lentamente el fango. Va camino hacia Guadalajara; hacia la incertidumbre; hacia la nada.

CORRER VENADO

CADA QUE JAIMANA TINEIKA LE ENSEÑABA alguna habilidad, cuidaba que Tukari Termai la hiciera de acuerdo a la tradición. Apegado a reglas ancestrales, él aprendió las mismas formas que todos los integrantes de la comunidad al bailar, participar en fiestas o pintarse el rostro; la costumbre marcó su manera de ser.

Tenía once años la primera vez que participó en la cacería del venado y lo hizo trémulo de miedo y respeto.

—Hijo, estás aprendiendo a ser cantador y ya te toca correr venado. Te he enseñado cómo ayunan los que van a buscarlo, te he dicho cómo lo corretean para que caiga en las trampas de lazo, ya sólo te falta estar en mitad del monte y vivirlo. Ahora que te toca ir con los cazadores, acuérdate de lo sagrado que es el animalito para todos.

—Pienso tratarlo con respeto, padre.

—Las plumas de águila o halcón son buenas: como andan hasta arriba, volando con sus dueños, ven y oyen todo lo que pasa acá abajo. Pero hay una pluma única, sagrada, que es la pluma del venado. El que mata un venado se vuelve dueño de su alma; esa alma es una pluma preciosa que le asegura su buena suerte. Acuérdate que te conté cómo el abuelo Fuego colocó un ratito las plumas de sus *muvieris* en la cabeza de un venado y cómo, cuando fue a recogerlas, las plumas ya se habían convertido en astas en la cabeza del animal. Desde entonces el venado, nuestro hermano mayor, tiene cuernos.

Pero su cola también es una pluma. Cuando el venado camina parece que trae en el rabo una pluma movida por el aire. Si sacudes esa cola sobre tu cabeza, te llenarás de poder.

—Quiero sacudir su cola en mi cabeza, *ne yeu*…

—Desde que la madre Nakawé hizo al mundo, nosotros rociamos los ofrecimientos a Takakaima con sangre de venado porque es sangre preciosa y hace que nuestras ofrendas valgan mucho. Si te toca atrapar uno, trátalo con comedimiento: acuérdate que a lo mejor puede ser Kauyumari, la sagrada Persona, o el mismito Tatutzi Mazrra Kuarrí, nuestro bisabuelo Cola de Venado, vestidos de esa manera para saber cómo te portas con ellos.

—Me portaré bien, padre —dijo y sonrió. Agradecía que Jaimana Tineika le advirtiera lo que era correr venado, porque cinco días antes había ganado su lugar en el grupo de cazadores.

Cinco días atrás, la luz de la mañana caía radiante sobre el patio de la casa de costumbres. A la mitad del patio *takuá* se había colocado un gran palo de pino, que lucía, cercana a la punta y circundando el tronco, una línea blanca del grueso de una cuarta pintada con cal. Multitud de jóvenes templaban su arco y medían distancias… El momento se volvió solemne cuando el *itzukame*, con su vara de mando llena de listones, los *kawiteros*, cuidadores de las jícaras sagradas, los *maraakate* y los *tupirima* ocuparon sus lugares en los largos tablones destinados a su autoridad. La mayoría eran hombres y mujeres viejos, muy viejos. Una seña bastó para que iniciara la música: al ritmo de flautas de carrizo y barro, los muchachos se pusieron a danzar alrededor del árbol.

Después de muchas vueltas, un viejo *kawitero* gritó el nombre de uno de ellos. El aludido —sin dejar de bailar— colocó una flecha sobre la cuerda del arco, tensó, apuntó cuidadosamente y la soltó buscando la lejana raya blanca. La flecha se siguió de largo y fue a caer lejos. Sin disimular su disgusto, pero obediente a las reglas, el jovenzuelo abandonó la ceremonia. Así fueron pasando los que eran llamados.

—¡Tukari Temai! —gritó al fin uno de los ancianos sentados en el tablón.

Sin dejar de bailar, él apuntó con mucho cuidado y siguió el rumbo de la saeta hasta ver que se clavaba en el tronco, levantando el polvo blanco de la línea. Una exclamación lo premió. Siguió su danza alrededor del árbol que, poco a poco se fue ciñendo una guirnalda multicolor, formada por las plumas de colores que adornaban las flechas clavadas en la línea. Tukari Temai tenía la seguridad de que los bisabuelos templaban su arco; que las abuelas dirigían las flechas y los hermanos mayores les permitían clavarse en la línea en que debían estar. Acertó una y otra vez hasta que sólo él danzaba alrededor al árbol.

—Muchacho, fuiste el único que le atinó a la raya del árbol todas las veces, por eso, aunque todavía estés chiquillo, te damos permiso: correrás venado en la fiesta que viene. Te escogimos por tu buena puntería, pero te pedimos que nunca maltrates a nuestro hermanito. Si es con lazos ahórcalo pronto; si es con flecha pártele el corazón con la primera. No te equivoques, no le causes dolores nomás porque sí —le advirtió el *itzukame*.

Era de madrugada, hora de que los cazadores salieran a correr venado. Fuera del *tukipa* comunal, Jaimana Tineika se sentó en su silla de alto respaldo, silla de *maraakame*. Al frente ardía el abuelo Fuego y a sus pies estaba desplegado un *itari* de tela, sobre el que se habían colocado arcos, flechas, lazos y cuchillos. El grupo de cazadores escuchó con reverencia el canto sagrado con que los despedían:

—Desde aquí miro a los bisabuelos y miro también a los abuelos: miro a Paritzika, el dueño de los animales. Miro a Urivárika, la madre de todas las venadas. Miro a Yuvárima, la madre de los venados machos. A todos ellos les pedimos permiso de tomar a sus hijos.

El canto subía de tono y con él la emoción de Tukari Temai:

—Padres, madres, regálennos venados. Aquí está su atole, aquí su chocolate. Reciban sus regalos, mis padres, tómenlos mis padres y dejen que cacemos a sus hijos. Tenemos todo listo, ya alimentamos a las cuerdas con que vamos a atraparlos.

Las voces se elevaban igual que los corazones

—Tatewarí, mi abuelo, tú acompáñanos, que tu lumbre nos salve del piquete de alacrán y la mordida de víbora, nos salve de los dientes del tigre y los malos espíritus.

Uno de los *maraakate* les entregó mazorcas, el encargado de guiarlos las recibió. Debían llevarlas para regarlas con la sangre del primer venado que cayera en las trampas. Las mujeres encendieron velas de cera cruda que llevaban para la ceremonia. El *maraakame* cantó:

—Ustedes, mujeres, prendan velas, despídanse, digan muy contentas: «Nuestros hombres se van de cacería, traerán muchos venados para que no tengan hambre las mazorcas. Cuando sean sembradas darán buena cosecha».

Los cazadores formaron una fila. Un violín y una guitarra marcaban el ritmo del canto:

—De aquí vamos a salir los cazadores, pero antes limpiaremos las trampas de lazo. Pero antes limpiaremos nuestras flechas, pero antes limpiaremos nuestros arcos, por si tienen hechizo, por si están embrujados. De aquí vamos a salir los cazadores, porque ya hemos limpiado nuestro corazón…

Jaimana Tineika se puso de pie, fue hacia el *itari* sobre el que estaban arcos, flechas, lazos y cuchillos. Metió su *muvieri* de plumas de águila en una jícara que contenía agua sagrada y los roció con ella. Luego limpió con humo de tabaco a los que se iban y les entregó sus armas.

—Ya pueden irse. No los sigo; me quedo a cuidar sus pasos, desde aquí cantaré para que no pasen peligro. Traigan muchos venados —les pidió. Cuando ya partían miró orgulloso a su hijo: junto a la luz de la lumbrada se distinguía el único niño entre hombres maduros, su pequeña figura apenas llegaba a los hombros de algunos.

Antes del amanecer salió Tukari Temai en el grupo de hombres armados con arcos, flechas y cuerdas. Una imploración múltiple temblaba en los labios de los caminantes y se acalló hasta que llegaron al lugar elegido.

Toda la mañana los cazadores se dedicaron a colocar las trampas. Los más experimentados intuyeron el lugar por donde pasaría la presa y armaron ahí sus lazos tejidos en forma de red. Después gritaron rodeando el monte para que el animal se asustara y corriera hacia las redes. Tukari Temai no dejaba de imaginar que un venado fugitivo metía la cabeza entre las cuerdas que él había colocado y éstas se cerraban asfixiándolo. Una y otra vez se pensó con el animal sobre los hombros y de regreso al caserío.

Durante muchas horas esperaron al venado. Como no llegaba lo buscaron entre los matorrales y al no encontrarlo hicieron escándalo. Nada, ninguno caía en las redes.

—Alístate, lazo, alístate que ya viene el venado haciendo *tsiu, tsiu, tsiu*! —decían. Era bueno hablarles a las redes, darles ánimos para que no sintieran angustia al verse desocupadas.

Rodearon el monte, lo cercaron cinco veces, lo subieron cinco veces haciendo escándalo. Tácticas inútiles: al caer la tarde, el entusiasmo iba decayendo ante el conjunto de cuerdas vacías.

Al atardecer iniciaron el regreso con pasos lentos y rostros preocupados. Pesaban los presagios. Si no encontraban un venado se suspendería la fiesta. Pero eso no era lo importante: el regresar con las manos vacías significaba que Tatutzima y Tateteíma estaban enojados. ¿Alguno de los cazadores no cumplió con su ofrenda y por eso los señores de los animales se negaban a regalarles uno? Recelaban unos de otros, repasaron los detalles del ritual en busca del error o la omisión sin encontrarla. Todos elaboraron flechas a las que colgaron diminutas trampas de venado; todos habían llevado jícaras con agua de sagrados arroyos a las cuevas en que Paritzika, Urivárika y Yuvárima, tenían sus altares; ninguno olvidó ofrecer flechas a Tatewarí. Si todo estaba bien, ¿por qué los dioses no querían regalarles un venado? Regreso amargo. Desde que salieron del caserío, nadie había tomado más alimento que unos tragos de agua y algunas tortillas pequeñitas que las mujeres habían dejado a tostar con el calor del sol.

Ya los estaban esperando. Cuando vieron llegar a la comitiva, las mujeres y el *maraakame* se dieron cuenta de que la fiesta estaba en peligro. No importaba que el *nawá* estuviera listo ni que las iguanas muertas colgaran de los árboles, listas para ser tatemadas; no interesaba que el patio *takuá* ya estuviera barrido y las enramadas a punto de ponerse; la fiesta no podía empezar sin un venado. El fatalismo ensombreció los últimos jirones de un crepúsculo encendido.

—Todavía no es bueno entristecerse. Los bisabuelos que nos miran desde atrás de los cerros ya han de estar viendo nuestro apuro. Mañana temprano nos van a dejar su regalo entre los lazos —aconsejó esperanzado Jaimana Tineika.

Antes del amanecer volvió a formarse la hilera de cazadores en que iba Tukari Temai. De nuevo el monte, otra vez la búsqueda inútil y la angustia. Presagios de grandes calamidades resecaron los labios; rumores y sospechas señalaron a algunos. Por culpa de alguien estaban enojados los dioses. Cuando el sol empezaba a ocultarse se repitió la entrada al caserío. Todos iban con la cabeza baja, no hubo saludos ni preguntas.

El que organizaba la fiesta —a tanto escarbar en su conciencia— se acordó de que tuvo un mal pensamiento, a lo mejor eso había provocado el resentimiento de los dioses. Tukari Temai se compadeció del hombre que hincado frente al abuelo Fuego solicitaba el perdón. Vio cómo el *maraakame* Jaimana Tineika lo purificó con tabaco sagrado. Lanzado en bocanadas, el humo ceremonial lamió unos ojos llenos de lágrimas, se metió a una boca suplicante y acabó desvaneciéndose entre largos mechones de pelo hirsuto. Con hierbas rituales, Jaimana Tineika limpió el cuerpo del lloroso; con sus *muvieris* de pluma de águila le barrió la mala suerte. Los infortunios fueron lanzados al viento. Luego le mojó con agua de manantiales mágicos. El pequeño corazón de Tukari Temai se dejó llevar por la tristeza que flotaba en el aire y se acuclilló para llorar como todos, solicitando desesperadamente un venado preso entre las redes.

—Los hermanos del culpable ya fueron a dejar más ofrenda a los cerros, verán que con esto los abuelos y bisabuelos olvidan su coraje —dijo el *maraakame* Jaimana Tineika mientras con un cuchillo terminaba de hacer ranuras sobre unos triangulares y planos omóplatos de venado. Frotó esos huesos y al ritmo que surgió de ellos cantó y dio vueltas alrededor del fuego. Hablándole, iba y venía por el patio *takuá* saludando a los cinco puntos cardinales. Su canción regó promesas e imploraciones. El llanto ritual corrió con libertad sobre los rostros cansados.

Muy de mañana, en una de las trampas agonizaba un cervatillo, su estertor se acompañaba con movimientos reflejos. Los cazadores se arrodillaron ante el animal que representaba al hermano mayor y un manso llanto ritual se extendió hasta anegar los ojos de todos.

—Te pido perdón, mi hermanito, por el dolor que te estoy causando. Necesitas morirte, sólo con tu sangre la fiesta se volverá sagrada —explicó el dueño de la trampa al animalillo que moría de asfixia.

Con el hocico lleno de espuma y sangre, el venado alcanzó a mirar al cazador, que chupó apresuradamente su último aliento para volverse poseedor de su sagrado espíritu.

Al revisar los demás lazos se encontró otro venado. Estaba muerto. Ambos fueron abiertos para que su sangre alimentara las mazorcas y volviera sagradas a las flechas. La sobrante la guardaron en bules. Contentos, con los animales terciados a la espalda, los dos cazadores se colocaron al frente para iniciar el regreso. Los recibió una comitiva de mujeres que los premiaron con sus risas claras. Ellas mismas prepararon una cama de hierbas para los muertos. Jaimana Tineika dio la bienvenida a los cuerpos:

—No llore su corazón, no tengan miedo sus espíritus: esta es su casa y nosotros somos sus hermanos. El que cuida los bosques al fin les dio permiso de venir. Qué bonitos se ven, dormidos en su preciosa cama verde. Hermanos venados, nos comeremos su carne para que vivan para siempre entre nosotros. Gracias por regalarnos su vida.

Unas mujeres trajeron chocolate, atole y pequeñas tortillas que pusieron junto a los hocicos yertos de los que parecían dormir apaciblemente.

—¡Habrá fiesta! ¡Los abuelos ya se encontentaron! ¡Vengan, vengan a untarse los poderes de estos venaditos!

Tukari Temai vio gustoso cómo mujeres y hombres acariciaron a los animales. Manos que iban desde la testera, corrían por el lomo y se detenían ante la cola enhiesta; manos que se cargaban de magia y la untaban en sus cuerpos. Él fue jalado por la abuela paterna que lo llevó ante Jaimana Tineika.

—Sería bueno que limpiaras a tu hijo con el espíritu del venado. Asegúrale vida larga.

Obediente, Jaimana Tineika pasó sus *muvieris* de plumas de águila y espejos por el cuerpo del animalillo, barrió con cuidado la energía, la juntó en un solo sitio y después, levantándola, la dejó caer sobre la cabeza del hijo.

Mecido por el paso de las bestias, acuclillado entre la carga de barriles y maderas, Tukari Temai cree firmemente que esa limpieza —repetida en cada cacería— le salvó la vida. Está seguro de que el vigor de muchos venados le camina las venas; y fue esta vitalidad la que le permitió vencer a su perseguidor, imponerse a pesar de los cansancios e ir en una carreta a buscar un destino.

Sí, la fortaleza de mil cervatillos fluye líquida por su sangre negra: mil venados duermen bajo su piel y algún día despertarán reclamando vados, arroyos, cerros, cuevas o bosques; entonces sentirá la necesidad de regresar a su hábitat; el deseo de caminar entre despeñaderos y cumbres, de sentarse en su silla de alto respaldo y cantar la historia de su pueblo. Algún día Tatei Yu-rianaka, la madre Tierra ha de llamarlo y él tendrá que volver al lugar donde se quedó su ombligo. Regresará sin que importen amenazas, temores o peligros.

TURIRÍ

EL *MARAAKAME* JAIMANA TINEIKA EMPEZÓ a llevar a su hijo a casa de unos familiares a los que trataba con cordialidad. Las visitas se volvieron periódicas y Tukari Temai acataba la orden de estarse quieto, escuchando la plática de los mayores, mientras afuera, seis hijos del matrimonio se divertían apedreando a las lagartijas que tomaban sol sobre la cerca de piedra. Los visitados tenían una hija, muchacha de ojos muy grandes llamada Turirí, a la que sentaban junto a ellos para que se estuviera igual de quieta. Luego, esa familia comenzó a visitarlos con frecuencia. Tukari Temai se sentía intranquilo.

—Acomídete con esas gentes: regálales pomarrosas, miel, queso, o lo que mires que tenemos en el zarzo; platícales, contesta de buen modo lo que pregunten —aconsejaba su padre una y otra vez.

Él obedecía, aunque le molestaba que lo sentaran junto a Turirí, que no se cansaba de mostrar su fastidio. Cuando la familia se iba llevándose consigo a la muchachita, él sentía tranquilidad.

—Es fácil casarse y tener mujer, pero luego ella necesita enaguas, *kamirras* y huaraches, ni modo que ande encuerada. Las mujeres ocupan aretes, pulseras y collares para verse bonitas. Para hacerte la comida piden comal, metate, ollas, cazuelas. Necesitan sal, frijol, maíz, chile… No es fácil tener una esposa —le decía su padre a manera de regaño cuando lo notaba distraído.

En el sembradío, parecía tener prisa por enseñarle los deberes.

—Aprende a tumbar monte para hacer *coamil;* tu familia va a vivir de lo que siembres. Un hombre debe tener maíz, sólo teniéndolo puede buscar mujer y volverse persona de respeto.

De regreso lo hacía cargar varas y ramas secas.

—Acomídete a acarrear leña, es la comida de Tatewarí, nuestro abuelo Fuego, las mujeres la ocupan para hacer tortillas.

Consejos y advertencias. ¿Por qué su padre hablaba tanto de lo que debía hacer cuando tuviera esposa? Tenía diecisiete años, acababa de completar todas las peregrinaciones y ritos necesarios para convertirse en *maraakame,* estaba listo para serlo y se preparaba para esa ceremonia.

—Siempre has usado bien la flecha, tu familia no pasará hambre. Acuérdate que a las suegras les gusta que les regalen iguanas.

Se volvió *maraakame* y se sintió pleno, nada le hacía falta. Dejó que las lágrimas rituales rodaran hasta resbalarle por el cuello. Su padre también estaba emocionado, se quitó la *kuzrira* que siempre traía en la frente y la colocó en su cabeza. Era hermosa esa banda en que lucían los cuernos de Kauyumari, las garras de Mayé y el cascabel de Rainú. Las marcas de los protectores estaban sobre su frente y serían su defensa como curandero.

—Mi hijo, ya estás completo como *maraakame,* ya sólo te falta tener tu esposa —le dijo Jaimana Tineika al terminar la ceremonia.

Tukari Temai empezó a curar, a cantar las historias sagradas en las fiestas a los dioses. Una mañana en que regresaba de un rancho ubicado a dos días de camino, se encontró con que en su casa había fiesta. Tíos, abuelos, hermanos y primos estaban en el patio recién barrido, ocupados en colocar enramadas y guirnaldas de pino. En grandes ollas de barro vaporizaban los tamales de frijol, mientras en otras, el atole hervía a borbotones. Las mujeres tatemaban carne de iguana y chachalaca. Bajo una enramada vio a los familiares de Turirí.

Lo llamaron al interior de un cuarto y lo sentaron junto a Turirí que, al sentirlo cerca, no disimuló el descontento. Jaimana Tineika le habló con voz grave:

—Hijo, aquí te vamos a juntar con esta muchachita. Tus abuelos y yo vemos bien que te cases con ella, al cabo es tu prima lejana. No vas a extrañar nada de lo que te gusta porque a ella la enseñaron a tejer, a barrer y a echar tortilla. Me duele que hagas tu vida aparte, pero yo soñé que ella sería tu mujer y debo hacerle caso a los dioses.

Tukari Temai sintió esas palabras lo mismo que una bofetada. ¿Casarse? ¿Por qué si él aún no quería tener esposa?

Luego habló el abuelo paterno:

—Cuando tu padre soñó a esta muchacha y me dijo que lo ayudara a pedirla, me entró tristeza, pero entendí que habías crecido y necesitabas vivir aparte… No creas que no me duele a mí también.

—¡Mi padre, mi abuelo, yo todavía no quiero juntarme! —dijo levantándose.

—Un día de estos te ibas a alborotar y más vale que te pase eso con una muchacha a la que conocemos desde chiquilla —dijo su padre presionándole el hombro para que volviera a sentarse.

—Sí, no vaya a ser que busques una que no sea de nuestra costumbre. Al que agarra teiwari no lo perdonan Tatutzima ni Tateteima, a ti menos, porque te acabas de completar como *maraakame* —reiteró el abuelo.

—Yo todavía no…

—Hijo, entiende que quiero quitarte malas ideas para que Kauyumari no te retire su palabra. Turirí es más chica que tú, va a aprender contigo. Te entrego nuevo porque a eso me comprometí. Los papás de ella dicen que está entera, y yo les creo. Hace poco le llegó la luna, ya puede darte hijos —justificó el padre.

Los dos sintieron miedo al verse rodeados por familiares sonrientes. El padre de la muchacha habló también:

—No les hacemos esto porque estemos cansados de ustedes, sino por cumplir el costumbre. Dicen los dioses que el hombre y la mujer no deben andar solos. Aquí ustedes se van a juntar. Tukari Temai, te doy a mi hija Turirí para que sea tu mujer, pero no le vas a pegar ni la vas a regañar a cada rato; tampoco la vas a dejar por otra. Procurarás que nada le falte a ella ni a los hijos que tengan. Te hago responsable de su jícara, tienes que hacerla cada cinco años y llevarla a los lugares sagrados para que ella viva bien. Hija: a ti te digo que ayudes a tu marido, que aproveches lo que traiga, sean pájaros, iguanas, pescados o dinero. Que la flojera no te haga tirar la comida, haz rendir todo. Atiéndelo, agradécele que se canse para traerte de comer.

—Turirí, hijita, escucha a tu madre: yo te enseñé a bordar y a tejer, y sé que te lucirás haciendo dibujos en las ropas de tu marido. Que sea tu orgullo verlo con su *kutuni* adornada y limpia. Quiérelo y entiéndelo.

Abuelos y tíos continuaron los consejos. Turirí dejó que todos hablaran, después, llena de angustia, gritó:

—¡*Ne yeu, ne tei*, vámonos a la casa! ¡No me quiero juntar con él!

Nadie pareció escucharla, la ceremonia continuó y Jaimana Tineika les arrimó un solo plato con alimento: Turirí reconoció la tortilla grande y gruesa que le habían ordenado hacer diciéndole que era para su abuela.

—Que bueno que siquiera ya se conocen, aquí les doy este plato con frijoles para que coman juntos y sin tenerse ascos. Muchacha, toma este pedazo de tortilla y cómetela, para que nos demos cuenta de que quieres a mi hijo —pidió el *maraakame* Jaimana Tineika entregando a cada uno la mitad de la tortilla.

Turirí rechazó el plato de frijoles y dejó a un lado la tortilla.

—Hija, este muchacho te conviene como marido porque es trabajador. Cásate con él y ayúdalo ahora que se completó como *maraakame* —aconsejó la mamá.

—¡*Ne tei, ne yeu*, ya vámonos a la casa! —insistió ella.

—Escúchame, *ne yeu,* mi padre —dijo Tukari Temai—, yo tampoco quiero juntarme, y menos con esta muchacha que rezonga tanto, pero por respeto a ti y a mi abuelo tomo el compromiso. Ustedes, por viejos, tienen mejor entendimiento que yo, saben por qué hacen las cosas.

Turirí lo miró con rencor.

—Hija, no seas terca, come ya del mismo plato —pedía la madre.

—Aquí los estamos anudando para que aprendan a estar juntos y a respetarse. Hija, verás que con los días entenderás que hicimos las cosas por tu bien —dijo el padre, al amarrarlos con una cuerda.

Turirí se negó a comer. Llegó la noche y los llevaron a un cuarto pequeño. La madre de ella desdobló un petate nuevo y el padre una cobija.

—Aquí se tienen que acostar, para que los tapemos.

Sólo Tukari Temai obedeció. Sin perturbarse, imponiendo su fuerza, los padres de Turirí la desnudaron y la acostaron junto al sonrojado muchacho.

—Me llevo tus trapos para que no corras al monte. A ver si te huyes así, encuerada. Aquí te vamos a estar vigilando. Mañana el *maraakame* Jaimana Tineika juntará tu jícara a la de él. Tantea bien las cosas, entiende que no te buscamos males.

—Muchacho, hoy ni te le acerques, los acostamos juntos nomás para que pierdan el miedo, pero aquí los vamos a estar cuidando —dijo el padre de ella al echarles encima la cobija.

Incapaz de dormir, Tukari Temai respiraba nerviosamente: muchos ojos acechaban en la penumbra. Trató de apartarse lo más posible de Turirí para que ni siquiera lo rozara el calor de su cuerpo. Le gustaba dejar ofrendas en las cuevas, andar en los montes cazando huilotas, buscando hierbas para curar, o recordando sueños con que los dioses protectores le revelaban secretos de *maraakame*. Estaba contento de ser cantador y convencido de que todavía no necesitaba mujer. De niño llegó a gustarle Nuiya, una niña de su edad a la que consideraba muy bonita. Ilusionado le regaló pájaros, flores y pulseras. Al paso de los años, ella prefirió a su primo Uteakame y él sentía gusto de verlos juntos. Cuando entre la silenciosa humedad del bosque sentía urgencia de acariciarse la entrepierna, lo hacía con sigilo. Sólo una vez fue descubierto por su padre, quien le rogó que no hiciera aquello porque era cantador y si algún dios lo miraba, se enojaría con él. No tenía ganas de casarse, pero acataba la decisión porque provenía de su padre. Pensó que la muchacha que lloraba a su lado no conocía el respeto y dejaba en vergüenza a sus padres. Sería mejor que se la llevaran.

La luz del sol entró por la abertura sin puerta de la choza. Turirí se negaba a comer y Jaimana Tineika seguía insistiendo en que probara los frijoles. Aún sin lograr hacerla entender, el *maraakame* suplicó al padre Sol que lo ayudara a unir a la pareja. Saludó con sus *muvieris* los cinco rincones del mundo. Tomó la tortilla partida en dos y le dio un pedazo a cada uno, pidiéndoles que comieran juntos.

—No voy a comer. Yo sé que si aguanto cinco días no nos juntan. Llevo uno, me faltan cuatro —dijo Turirí con decisión. Cuando levantó la vista se encontró con el gesto agrio del padre y el rostro lleno de angustia de la madre.

—Muchacha, las frutas no maduran para quedarse en la rama. No puedes andar sola, el wirrárika está hecho para vivir de a dos en dos y llenar de niños su casa. Tu nombre quiere decir codorniz y las codornices son mansas; pórtate como ellas y come tu tortilla, haznos saber que quieres de marido a mi hijo —pidió el *maraakame* pasándole los *muvieris* por la cabeza, como queriendo barrerle la terquedad. Ella sólo acertó a llorar.

—Hijita, si te quedas con este muchacho vas a tener el respeto de todos, si no, vamos a regresar llenos de vergüenza. Ya nadie buscará casarse contigo. Serás la burla, te trincará el que te traiga ganas, andarás de mano en mano, como las que no tienen suerte para ser pedidas y se arriman a cualquiera —dijo la madre secándole las lágrimas.

Turirí miró nuevamente a los que la rodeaban y se desconcertó. ¿Qué iba a pasar si regresaba a su casa? ¿La golpearían sus padres? ¿Le reprocharían todo el tiempo? ¿Se arrepentiría? Pensó largo rato, luego levantó una mano sin ganas para tomar la mitad de tortilla y ofrecérsela a Tukari Temai, que a su vez le dio el otro pedazo. Masticó lentamente, remoliendo trozos pequeñísimos mientras los familiares festejaban afuera con risas y comida el nuevo matrimonio.

El *maraakame* pidió entonces la *rukuri tanaité tempté billa* de ambas familias. La jícara en que están todos fue sacada del *ríriki* de Jaimana Tineika con gran solemnidad. El padre de Turirí quitó los trapos en que venía envuelta la suya y la entregó. El cantador metió sus *muvieris* en agua sagrada y roció a las dos mientras saludaba con las jícaras los cinco rincones del mundo. Desprendió de cada uno de los cuencos las figuras que representaban a los dos jóvenes y entre cantos y ceremonias las pegó en una jícara nueva, decorada con chaquiras de colores.

—Esta es la jícara de los dos; aquí van a dibujar su vida. Cuídenla, si se raja, puede rajarse su unión, y si se rompe, alguno de ustedes puede morir. Mira, Turirí, aquí estás tú junto al que ahora es tu marido. Tukari Temai es éste que te protege. Así va a ser mientras estén vivos, él te va a cuidar, ya no tengas miedo. Muchacho: te hago responsable de tu *rukuri tanaité tempté billa*, como *maraakame* que eres, cada que les nazca un hijo colocarás aquí su figura. Por ahora guárdala en mi *ríriki*, cuando puedas hacer el tuyo la llevarás allí.

Con manos temblorosas, Tukari Temai recibió el cuenco.

Continuó el regocijo: los invitados que fueron al monte a buscar en las trampas colocadas de antemano, regresaron cargando un venado y una venada.

—Trajeron venada, aquí se comprueba que mi hija está entera —dijo el padre de Turirí con orgullo.

—Los cazadores trajeron venado, también mi hijo está nuevo —aclaró Jaimana Tineika—. Cumplimos como padres.

Los violines soltaron sus notas quejumbrosas y anhelantes. El efecto del *nawá*, mezclado con aguardiente, llenó de gritos jubilosos la ranchería. Los invitados se fueron al caer la noche. Esperarían a que el nuevo matrimonio se estabilizara y que los recién casados ofrecieran una gran fiesta, para que todos los parientes se conocieran. La pareja se fue a la casa de ella. Esa noche los mandaron a acostarse juntos, sin ataduras ni vigilantes. Él comprendió las maliciosas miradas que le dirigieron los mayores al despedirse.

Echada hasta el final de la cobija, Turirí se alejó lo más posible. Fingió dormir mientras esperaba —tensa— los acontecimientos. Tukari Temai sentía una gran turbación. Tías y tíos lo instruyeron sobre la forma en que debía comportarse como marido y sólo de pensar en esos consejos la sangre se le agolpaba en el rostro. Se acercó con miedo. Apenas tocó con la punta de los dedos una espalda tibia, apenas avanzó buscándole el hombro cuando Turirí, con rapidez imprevisible, le soltó un golpe en el rostro. Él le detuvo las manos y la muchacha se le fue encima a cabezazos y patadas. Cuando al fin la dominó y pretendió acariciarla, Turirí empezó a llorar.

Él se desconcertó. Los padres de ella escucharían el rumor de los sollozos y vendrían a preguntar el motivo de las lágrimas. ¿Qué iba a decirles? Le brincaba el corazón. Buscando disminuir el lamento cubrió el rostro de Turirí con las cobijas, pero la queja seguía, constante y tenue. Derrotado, se alejó lo más posible, le dio la espalda e intentó dormir.

Después de un rato, el llorido era sólo un sonido articulado a manera de defensa: Turirí sabía que mientras simulara llorar, el esposo no iba a acercarse. Necesitaba mantenerlo lejos, sin que la tocara. Tenía pavor a la noche de bodas, preámbulo de todas las desgracias, como se lo había dicho su prima Rutuima, casada con un hombre que todo el tiempo quería estar acariciándola.

—Me llevaba al monte y allí se me encimaba muchas veces. Yo ya no quería que me hiciera tanto. Se lo dije y empezó a pegarme con varas de palo dulce hasta que se me doblaban las corvas. Mírame las marcas que traigo: estas cicatrices largas son varazos y éstas medio redondas son mordidas. Mis papás fueron por mí antes que me matara. ¡Para esto te juntan, Turirí! ¡Para esto van a casarte con ese muchachillo que viene de visita!

—No es cierto, Rutuima… Se casan las grandes, las que ya saben echar tortilla y tejer fajas: yo todavía no tejo bien.

—Pregúntale a mi tía y verás. El abuelo y el papá de Tukari Temai ya vinieron a apartarte y tus papás andan contentos porque él está aprendiendo a ser *maraakame*. Tú sabes tortear, lavar, moler chiles en el metate, estás aprendiendo a tejer… ¿Ya te llegó la luna?

—¿Cuál luna?

—Eres tonta… de todos modos la luna no te tarda mucho.

—No voy a dejar que me junten con ése.

—Sólo te libras si no te comes la tortilla que te den. No comas nada. Si aguantas cinco días así, te regresan a tu casa —le dijo. Luego agregó—: Pobre Turirí, te van a juntar con un *maraakame* y esos son los peores: esos lo mismo saben curar que enfermar, lo mismo ayudan que perjudican con sus cantos y poderes. Me contaron de uno que *enhechizó* a una señora y ella se fue secando hasta morir. Pobre de ti: vas a estar juntada con un cantador.

Turirí soñó una vez que Tukari Temai le quitaba el alma y la escondía en un bule lleno de humo de tabaco. Despertó llorando y tosiendo.

—¡*Ne tei, ne tei*! ¡Dice Rutuima que ya me escogieron esposo, que es ése que está aprendiendo para cantador! ¿Verdad que no es cierto?

—Hija, tu prima no dice mentira, tienes compromiso con Tukari Temai.

—Es malo, casi no se ríe, ha de ser brujo, *tragagente*.

—Hija, él no es malo, está preparándose para *maraakame* y así son los cantadores. Te vas a casar, todas las mujeres debemos casarnos.

—Yo no, *ne tei*.

En el cuarto, acostada junto a Tukari Temai, se sintió desvalida. Sus padres dormían mientras ella escuchaba los bandazos de su corazón. Estaba sola con el que le impusieron como esposo: un cantador, un hechicero, un *tragagente*. No iba a permitir que la tocara. Pasaría las noches fingiendo que lloraba, estaría alerta, con las uñas listas.

Tukari Temai se levantó al amanecer, su suegro le había regalado un hacha, un lazo y un machete para que diario fuera a traer leña y así lo hizo. A Turirí, Jaimana Tineika le había regalado un metate, un bule para el agua y algunas jícaras. Se levantó temprano, a moler el nixtamal y a echar tortilla. Al paso de los días Tukari Temai empezó a notar que la muchacha, además de grosera, era bonita. Lo mejor en ella eran unos ojos oscuros y grandes, resguardados por espesas pestañas. Ojos que a veces olvidaban resentimientos y sonreían. Él trataba de halagar a su nueva familia, iba por leña, acompañaba a su suegro al coamil y se daba tiempo para buscar iguanas y regalarlas a su suegra.

—Muchacho, ya se cumplieron los cinco días y estamos contentos contigo —le dijo la suegra.

—Ya te puedes llevar a nuestra hija para tu casa —le aconsejó el suegro—. Aquí tienes tu arco, tus flechas y tus lazos, te los doy para que ella siempre coma carne.

Regresaron al rancho de Jaimana Tineika; ése sería su hogar hasta que Tukari Temai pudiera levantar el suyo. Jainamari, una de las madrastras, recibió a Turirí con mucho afecto y le regaló bules y jícaras para que tuviera en qué darle de comer al marido.

Los días fueron limando temores y desconfianzas. Turirí se dio cuenta de que el marido, al curar, buscaba el bien de los enfermos. Ambos hallaron pretextos para alargar los momentos en que estaban juntos. Él no perdía oportunidad para obsequiarle ya una hermosa y brillante pluma de azulejo, ya una piedra traslúcida o alguna fruta. Ella agradecía los presentes y quiso tejerle en su telar de cintura un morral con simétricas figuras de venado.

Y por fin un día las miradas se encontraron, las palabras los enredaron. El bosque se llenó de sonoridades cuando él dejó caer el machete sobre troncos secos. Ella buscó pequeñas varas que completaran su carga y luego ayudó al marido a colocarse el hato de leña sobre la espalda. Una puntiaguda rama le hirió la piel, una gota de sangre asomó sobre la carne morena, y la mano de ella acarició el lastimado torso, y siguió acariciando, revoloteando como pájaro clarín. Pájaros clarines que avanzaron con osadía por el cuello y los hombros y rozaron apenas los pectorales incipientes. Él soltó la carga de leña. Las manos de ambos hablaban un idioma nuevo al caminar por primera vez sobre la piel ansiosa. Los labios sabían a pitahaya madura. Las caricias rompieron el dique de los temores y se precipitaron con la fuerza de un río crecido. Bocas temblorosas, ansias libres que recorrieron sus cuerpos núbiles.

Desde entonces Turirí fue su mujer y lo acompañó en quehaceres y fiestas. Más de treinta años juntos, en que nueve hijos demandaron atención y comida. En tardes calurosas, ella salía de la casa y a la sombra de un árbol de aguacate bordaba las *kutunis* de la vasta familia. Peregrinaciones, fiestas, ayunos y promesas dejaron a Turirí sin marido por largas temporadas. Las obligaciones de *maraakame* llevaron lejos a Tukari Temai, pero ella sabía esperarlo y todas las tardes bordaba o tejía bajo el árbol, pintando impaciencias y soledades. Miraba sin ganas hacia la parda vereda por la que sólo pasaba el viento levantando polvo. Días de ver el mismo paisaje hasta que alguna tarde los perros ladraban y los hijos corrían, gritando:

—¡*Ne tei, ne tei*! ¡Allá abajo, allá, junto al río! ¡Ya viene *ne yeu*, es él, es él!

Sin poder aguardar un momento más, corría al igual que los hijos para llegar junto al hombre demacrado y exhausto, que los abrazaba sonriente.

URIMA

Tukari Temai no se entiende. ¿Es inquietud?, ¿desazón?, ¿qué es esta congoja que se agita y crece en su pecho mientras más se aleja de la pequeña ciudad? ¿Qué busca? ¿Qué quiere? Lo sabe y pretende acallarlo. Su corazón, sus ojos, sus manos, sus pensamientos, todos quieren que se baje de la carreta y regrese a Tepic; quieren que siguiendo el cauce de un río caudaloso llegue a Acayapan y de ahí busque el enorme edificio de una fábrica llamada Jauja. Fábrica grande de textiles donde le dijeron que la han visto: se encarga de barrer los grandes patios. Incapaz de contenerse pronuncia el nombre de Urima… Sí, lo mueve Urima, ella, susurro del viento en las hojas del maíz, ella lo está sacudiendo completamente. Pese al agradecimiento y ternura que siente por Turirí, su primera esposa, está desesperado por encontrar a Urima, su *neaturreri*. En estos momentos, la segunda mujer ocupa su imaginación y él desea hacer caso a sus emociones y buscarla, encontrarla, convencerla. Grita al carretero que se detenga, salta al lodo del camino, pone en las manos del hombre un puñado de monedas y echa a correr de regreso a Tepic.

Urima ya tenía nueve años y nadie había ido a pedirla para esposa de alguno de sus hijos. Sus padres, preocupados, decidieron tomar la iniciativa y arreglarle un compromiso. Pusieron los ojos en un muchachito de trece años que acompañado de su padre pasaba frente a su casa rumbo al sembradío. Entre ambos lo espiaron hasta convencerse de que les convenía como yerno. Sabía acarrear leña, cazar con flecha chachalacas y *tekús*, atrapar pescado y camarón en los remansos del río. Sería buen partido para la más pequeña de sus hijas.

La madre de Urima quería visitar a los padres del muchacho y hacerles saber las intenciones. El padre quería aguardar un poco, pero ella le hizo ver que si esperaban más, alguna otra persona se fijaría en las manifiestas aptitudes del candidato. Otra posibilidad era que el niño ya estuviera comprometido y ellos se estuvieran haciendo vanas ilusiones. Para evitar incertidumbres, decidieron afrontar la situación y pidieron al abuelo paterno que los acompañara.

Al llegar a la casa del muchacho, saludaron con la corrección con que debe hacerlo una visita:

—¿*Keaku reteaka iyunigua*? ¿Cómo han estado? —preguntó el abuelo de Urima.

—*Aizrua yeme*, muy bien —contestaron los dueños, invitándolos a pasar.

La conversación no pasó de lo trivial y la visita se alargó sin que se dijera el motivo. La dueña de la casa invitó a la madre de Urima a moler nixtamal y echar tortillas mientras los hombres hablaban de malas flechas, enfermedades y hechicerías. Cuando cayó la tarde, el abuelo decidió abordar el tema:

—Todos conocemos el costumbre y lo seguimos porque así lo ordenaron los sagrados —afirmó.

—Porque así tiene que ser —aseguró el padre del muchacho.

—Dijo Tatutzima que si sabemos juntar a nuestros muchachos, la sangre del wirrárika seguirá siendo negra.

—Así tiene que ser. A Tatutzima no le gusta que nos *júntemos* con coras o con teiwarirris.

—¡Ni nunca con esos! —Advirtió el abuelo de Urima—. Takakaima quieren que los wirraritari se casen entre ellos y que nosotros *búsquemos* con quien.

—Al cabo así es —susurró la mamá del muchacho.

—Perdónenme si mis palabras los ofenden, quiero saber si hay aquí un muchacho conveniente para mi joven nieta —dijo nervioso el abuelo de Urima.

Los visitados se miraron sorprendidos. Pensaban que habían ido a pedirles a alguna de sus hijas, porque es a las mujeres a las que debe apartarse, ¿qué estaba sucediendo? ¿Por qué las cosas se hacían al revés?

—Mi nieta la más chica se llama Urima y nadie la ha apartado para esposa. Es muy bonita y sabe hacer tortillas, barre, lava, todo lo hace contenta. Queremos asegurarle su vida, por eso estamos delante de ustedes pidiéndoles a su hijo, como lo ordenan Tatutzima y Tateteima —justificó el abuelo.

—Queremos saber si se puede o no. No vaya a pasar que por descuidarla se amanse con teiwari vecino o con cora. Ustedes saben que los teiwarirris son aprovechados y los coras flojos —dijo el padre de Urima tratando de convencerlos.

—Hemos mirado a su hijo el mayor y parece buen muchacho, lo están criando bien. Queremos saber si no lo tienen apalabrado, porque mi nieta no tiene compromiso —insistió el abuelo.

—Nos están pidiendo nuestro hijo y siempre es al revés, a nosotros nos tocaba ir a pedir a su hija —habló por fin el padre del joven.

—Si tuvieran apuro por alguna hija, harían lo mismo. Tenemos que seguir el costumbre de asegurarle una casa, queremos que crezca sabiendo que ya tiene destino —dijo con prisa la madre de Urima.

—Su hijo es buena gente, se ve listo y obediente, pensamos que le conviene a nuestra muchacha —arremetió el padre.

Aunque todavía estaban sorprendidos, los razonamientos agradaron a los anfitriones. Era bueno que alguien reparara en que ellos hacían lo posible por cumplir con sus obligaciones paternas.

—Nuestro hijo *entodavía* no tiene compromiso, pero ya andábamos buscándole mujer. No queremos que ande mucho rato solo; ya ven que hay viudas mañosas, llenas de hijos, que emborucan a los muchachos hasta que se quedan con ellos para que les ayuden. Por eso es bueno que se halle una a su tamaño, para que aprendan juntos. Vemos bueno a nuestro hijo, pero ustedes necesitan tratarlo más, a lo mejor le encuentran mañas y ya no les gusta. Queremos conocer a su hija, mirar cómo hace las cosas; ver si conviene juntar sus jícaras —pidió el padre del muchacho.

—Hay que dejarlos que se traten —opinó la mamá.

—Cuando quieran pueden visitarnos; para más seguro, los esperamos mañana temprano. —Se apresuró el abuelo.

—¿Cómo dijeron que se llama la niña?

—Urima, se llama Urima y anda en nueve años.

Los parientes de Urima se despidieron contentos de haber hecho las cosas como ordenaban los bisabuelos. La vida de ella estaba casi asegurada.

La visita se cumplió, los padres de ambos comprobaron que la elección era buena. Ella —a pesar de su edad— sabía poner nixtamal y molerlo, echar tortilla, barrer rápido, lavar ropa, y tenía fuerzas para acarrear desde el río bules llenos con agua. Él estaba aprendiendo a tumbar *coamil* y esta habilidad se sumaba a las observadas con anterioridad.

—Enseñaron bien a su hija, es trabajadora y bonita como nos dijeron. Sí la queremos para nuestro muchacho. Hay que aconsejar a los dos para que sepan su obligación.

—Qué bueno que les haya gustado. En cuanto a Urima le llegue la luna y pueda tener hijos, los casamos —prometió el abuelo.

—Juntaremos sus jícaras cuando ella se haga mujer, mientras hay que estar al pendiente, es bueno que lleguen nuevos al casamiento —remarcó la mamá de él.

—Eso lo sabemos sin que lo digan.

Ante los acontecimientos, la madre de Urima pensó que ya era tiempo de que su hija aprendiera a bordar, todo marido necesitaba de una mujer capaz de decorarle la ropa con hermosura.

—Hijita, Tayau, el padre Sol, dejó ordenado que las mujeres aprendiéramos a bordar para proteger a nuestros hombres. Al pintar en sus trapos con hilos de colores figuras de tigres y alacranes, los prevenimos contra estos animales; tejemos en sus morrales flores de *tutú,* para que ellas nunca falten en las milpas y se den buenas cosechas; si les dibujamos en las fajas jícaras dobles, caerá mucha agua en los *coamiles.* Los trapos que trae tu padre yo los hice, me pasé mucho tiempo con una espina de pescado y los hilos, coloreando pedazos de manta. Otras veces, abajo de ese mango, tejí en mi telar de cintura. Todas tus hermanas hicieron lo mismo. Ahora te toca ocupar ese lugar. Necesitas aprender para que tu marido y tus hijos estén a gusto.

—Eso es muy trabajoso, *ne tei*, yo no voy a saber.

—Aprenderás lo mismo que aprendió mi abuela, mi madre y luego yo. Después te tocará enseñar a tus hijas para cumplir la orden del padre Sol.

—¿Me vas a enseñar, *ne tei?*

—Te va a enseñar una culebra, irás a buscarla mañana al monte, voy a decirle a tu padre que te lleve —dijo la madre mientras remataba los hilos de una faja con adornos de grecas. La niña bajó la cabeza, aceptando su responsabilidad.

Urima y su padre salieron temprano a buscar al reptil. En cuanto el hombre vio a la serpiente, la inmovilizó colocándole junto a la cabeza una horqueta que llevaba. La tomó con ambas manos, sosteniéndola por la cola y el cuello para evitar picaduras y la pasó alrededor del cuerpo de la pequeña:

—Paso esta culebra sobre tu frente para que aprendas a tejer *kuzriras*; la paso por tu cuello, tus manos y tus dedos para que te enseñe a hacer collares, pulseras y anillos con piedritas de colores; la paso por tu cintura para que sepas tejer fajas; la paso por tu espalda y por tus brazos para que aprendas a bordar *kutunis*. Soñarás que esta culebra mueve tus manos. Fíjate bien en las marcas que tiene en el cuero, grábalas en tu memoria. Esos son los dibujos que ella te dictará para tus bordados —le dijo. Urima tenía ganas de cerrar los ojos ante la sensación escamosa y fría, pero fue más fuerte el deseo de aprender, de tener contento al que sería su marido.

—¡No la sueltes *ne yeu*, ocupo mucho rato en ver sus manchas y sus colores! Aprenderé. Cuando mi marido vaya a las fiestas, todos van a decir: «¡Miren qué bonito teje y borda Urima!».

Cinco días después, la niña recibió una lanzadera y un telar hecho especialmente para ella. La madre tomó un extremo del mismo y lo fijó al tronco de un árbol sombroso, amarrando la otra punta a la faja de Urima. Las hermanas la rodearon de hilos teñidos y observaron su primer intento de tejer. Inspirada en las grecas que lucía la serpiente, pasaba horas tejiendo y destejiendo. Nadie hablaba, nadie corregía: la maestra serpiente estaba dictando. Tras cinco días de ayuno, la niña logró hacer una cinta delgada y la entregó al padre para que buscara al reptil y se la amarrara al cuello, como una forma de agradecer la enseñanza. Desde entonces, la niña pasó horas, sentada a la sombra del árbol, habilitándose con la trama y la lanzadera.

Con el tiempo, a Urima empezó a levantársele la *kamirra*, debido a unos senos incipientes y puntiagudos.

—Ya aprendiste a bordar y tejer, ahora tengo que enseñarte a hacer el *nawá*. Debes saber hacerlo en todas las fiestas, no hay fiesta sin él.

Trató de grabar en sus oídos el procedimiento y no pudo. Preocupada, pidió a la mamá que se lo enseñara paso a paso. Remojó maíz y lo tiró sobre la arena que había traído del río, a la sombra de un árbol. Lo tapó con hierba tierna. Todos los días lo regó para que le salieran raíces. En cuanto lo vio nacido, lo enjuagó bien, lo dejó secar y lo molió en el metate hasta dejar sólo polvo que coció en una olla grande durante todo un día. Luego lo puso a la sombra dos días más, hasta que fermentó entre burbujas. Quedó contenta, había aprendido a hacer tejuino y seguramente su marido se lo iba a reconocer.

A la edad de once años, deseaba que ya le llegara la luna para poder casarse. Le agradaba el muchacho que le eligieron y ambos se buscaban cuando coincidían en alguna fiesta. Días de cantos larguísimos, repetidos cinco veces por un *maraakame* que pretendía dejar grabada en la conciencia de los asistentes la historia de la creación del mundo. Danzas rituales; violín y guitarra que entrelazaban sus notas hasta que lo sacro terminaba. El *nawá*, combinado con el aguardiente que vendían los mestizos itinerantes, marcaba el ritmo de la borrachera. Mientras todos se adormilaban a la sombra de los árboles, ella y su prometido se iban al monte y se escondían entre grandes arbustos. Buscándola, él apartaba ramajes hasta encontrarla. Entonces le acariciaba el despeinado cabello. La mano resbalaba hasta llegar a la cintura. Se abrazaban con fuerza y sentían el brote de los instintos. Cerraban los ojos y se quedaban quietos, afectados por el calor que despedían sus cuerpos.

En una fiesta, el muchacho la acarició más de lo usual. ¡Cuánto sabían sus manos cuatro años mayores; su cuerpo de quince años, los ansiosos brazos que la estrujaban! Él se echó sobre ella, le rozó el cuello y los hombros con jadeos y vaho. Urima cerró los ojos, ansiosa. Cuando sintió que él se metía en su cuerpo dijo que no, se jaloneó y ya libre corrió rumbo a la casa donde seguía la fiesta.

—En cuanto seas mujer de a deveras, te vamos a dejar con el muchacho ése. A lo que veo, ya no falta mucho, así que apúrate con las flores que estás haciendo en la *kutuni* en lugar de quedarte nomás mirando cerros —dijo una vez la madre y Urima sintió coraje contra la luna, que tardaba tanto en madurarla.

Al fin le llegó la señal de que podía tener hijos. La chiquilla llamó a la madre para que constatara que se había convertido en una mujer completa.

Cuando el matrimonio de Urima era ya inminente, la desgracia terminó con los preparativos. En la cima de un cerro, el prometido, al hacer un atado de leña, fue picado por un alacrán. Caminó hasta encontrar a su padre, que monte abajo cortaba un árbol. Cuando llegó junto a él, los primeros efectos del veneno le apretaban la garganta y opacaban sus ojos. El padre lo cargó en su espalda y lo bajó corriendo, pero murió antes de que algún *maraakame* le prestara ayuda.

Urima lloró días completos. Extrañaba al muerto, las fiestas parecían interminables sin él. Machacó recuerdos, revivió las veces en que él sacaba de entre sus ropas desde rojas flores de clavellina, hasta hermosas plumas de pájaro para ofrecérselas. El accidente tiró las expectativas de sus padres de casarla de acuerdo a la costumbre.

Inició el tiempo de lluvia. Siguiendo una tradición de siglos, la familia de Urima se fue a vivir a la mitad del sembradío escondido entre barrancas, para evitar el hurto de la cosecha. En las grises noches húmedas ella escuchó sin querer la plática de sus padres, su angustia porque los jóvenes en edad de casarse ya estaban comprometidos. Todavía quedaba una esperanza: el muerto tenía más hermanos y quizá alguno de ellos quisiera a Urima para esposa. En cuanto se dio la cosecha regresaron al rancho para hacer una petición nueva.

—Sabemos que les duele la muerte de nuestro muchacho —dijo la madre— ustedes lo querían casi igual que nosotros. Él se encandiló con Urima y ya le andaba por casarse. Lástima que los otros hijos ya apartaron mujer. Dos están casados, a lo mejor uno de ellos la quiere tomar de *neaturreri...*

La indignada madre de Urima no la dejó continuar:

—Mi hija no va a ser la segunda esposa de nadie, ella es muy bonita y trabajadora, y tiene que ser la primera.

No hubo acuerdo posible. Ya no existía el compromiso de entregarla virgen a ningún marido, Urima dejó de ser vigilada y pudo ir sola hasta los manantiales. Entre idas y venidas se convirtió en una muchacha de ojos profundos y maliciosos. Su rostro y sus caderas llamaban la atención y ella lo sabía, y caminaba suavemente, a pasos menudos y lentos.

—Urima trae mala sal, la quieren puros hombres que ya traen muchas esposas —comentó el padre.

—*Oraverás*, tanto que quisimos que fuera la primera mujer de alguien, y va a acabar como *neaturreri* de alguno —se quejó la madre.

—La quiere Wereme, uno de mis tíos.

—¿Cuál?

—Wereme, el que vimos en la fiesta de Temirikita; ése que tiene tres mujeres y un montón de vacas y becerros. Está viejo, pero a lo menos la muchacha no pasará hambres. Quedamos de apalabrarnos, así que dime nomás que piensas —comentó el padre.

—¿Ése? ¡Está rete viejo y tosijoso! A mí no me gusta, pero allá tú. ¡Pobre de nuestra hija!, tan chula, acabará como *neaturreri* de un hombre traqueteado.

—A mí tampoco me gusta, pero dónde hallamos otro que tenga vacas y becerros… Hay que apurarle porque nuestra muchacha anda alborotada.

—Si se alborota ni modo, no tiene obligación. Se la vas a dar a ese viejo gargajiento, ¿no? Pues déjala que se entretenga mientras. Ni modo que tu tío la quiera nueva estando él tan acabado.

Una tarde, de regreso de los manantiales, Urima pasó insinuante por la vereda que deslindaba el *coamil* de un joven recién casado. Buscó la oportunidad de encontrarlo solo y entonces, con el bule de agua en la cabeza, acometió la cuesta exagerando la dificultad. Invariablemente el hombre le prestaba ayuda, cargaba el bule y buscaba la sombra de algún árbol para que la muchacha descansara. Miradas, sonrisas, requiebros. Él buscaba pretextos para detenerla más tiempo. Los momentos crecían. El joven, sin soportar más, la tiró entre los matorrales para poseerla. Las manos de él le caminaron el cuerpo dejando estelas de ansiedad. Tibias y temblorosas exploraron los contornos. El calor de los besos sobre el cuello y los hombros se convirtió en lumbre y el incendio la hizo abrazarlo con desesperación, casi untarse a su piel, a sus labios. Le era necesario sentir algo más que caricias y mordiscos. La *rapí* se le endureció hasta convertirse en un volcán que estalló en erupciones rítmicas. Los puños se cerraron, el cuerpo se contrajo y tuvo que apretar los labios para no gritar de alegría. Luego vino una tranquilidad que le provocó sueño. Descansaron entrelazados, pero siempre al pendiente de los ruidos del camino.

Urima aprendió muchas cosas en la penumbra de una cueva cercana a los manantiales. El jugueteo lo empezó de muchas maneras, pero siempre terminó exhausta y satisfecha. Ella quería que él la convirtiera en su *neaturreri* y la llenara de caricias e hijos, pero él era recién casado y tenía un suegro dueño de muchos burros que bajaban a la costa para regresar cargados con costales de sal. Un suegro que no consentiría que su hija fuera desplazada con tanta rapidez.

—Si me llevas a tu casa ayudaré a tu mujer en todo. Seremos como hermanas, cuando tenga hijos o se enferme me tocará cuidarla. No tendrás quejas mías.

El hombre sonrió ante la posibilidad, pero el recuerdo del suegro y los cuñados le echaron a perder el gusto. Era pobre, el matrimonio fue ventajoso y el suegro lo estaba ayudando a levantar la casa. Si se hacía tan pronto de otra mujer, la familia de ella podría dejarlo a su suerte o reclamar todo lo que le había prestado. Le interesaba Urima, consideraba una suerte sentirse querido por una muchacha tan bonita, sólo que en esos momentos era riesgoso meterla a su vida. Necesitaban esperar, por ahora estaban bien así, acariciándose, echados sobre el cuero de vaca que guardaban dentro de una cueva.

—Mi *coamil* no da mucho maíz, apenas va a alcanzar para que coma la mujer que tengo. Todavía no puedo, espérame tantito.

Ilusionada, esperó seis meses. La esposa de su hombre acababa de tener un hijo, ella volvió a pedir que la llevara a su casa, era el momento de ayudarla con el hijo y el marido. Él dudó, ella aventuró:

—Si tuviera un hijo tuyo, ¿me llevarías?

Él imaginó todos los problemas que se le vendrían encima.

—Tendría que reconocer ante el gobernador que el *nunutzi* es mío. Me obligarían a darle una vaca a tu padre para pagar la sangre que perdiste cuando nació. Así dice el costumbre y eso debe hacerse. Si tú tienes un *nunutzi*, mi suegro y mi mujer se enojarán conmigo, y yo voy a enojarme contigo —le advirtió. Urima se alejó llorando.

Pasaron días, semanas de angustia porque él no la buscó y dejó de ir por los caminos cercanos a la cueva. Desesperada, hizo una flecha de la que colgaban dos pequeños huaraches, y la llevó a Tamatz, el hermano mayor, solicitándole esposo. Esperó a que su petición fuera tomada en cuenta. Pasaron los meses. Al cabo de un año se le había muerto la esperanza. Necesitaba buscar a un hombre más formal para asegurar su vida. Víctima de este afán se entregó a muchos más, sin conseguir que se hicieran cargo de ella.

No le agradó saber que un tío de su padre la pretendía. Estaba viejo, quizá tuberculoso, tenía tres mujeres y una carraspera que provocaba asco. Le molestaba su mirada lasciva, su forma de decirle que vendría por ella después de la cosecha. Urima aborrecía ese compromiso. Le quedaban unos meses de libertad y le era urgente seguir buscando por su cuenta. Debía encontrar un hombre que le agradara, antes de que el tío Wereme regresara a presumir las mazorcas de su *coamil* y los becerros que les nacieron a sus vacas.

Ese mes de abril cargado de calor y de paisajes pardos, Urima ayudó en la fiesta del maíz tostado que hizo su padre. Fiesta en que los peregrinos del peyote se liberarían de todo lo sagrado que les dejó el viaje a las tierras de Wirikuta, para volver a ser hombres comunes. Tres días de fiesta en que sopesó posibilidades, en que se estremeció cada que se encontraba de frente con los ojos de un *maraakame* que había venido de lejos, a cantar en su casa las historias sagradas.

El *maraakame* era buen cantador, tenía fama de ser uno de los mejores de la región, sus servicios eran bien pagados y Urima pudo darse cuenta de ello con solo mirar a la mujer y a los hijos. Traían ropa nueva, bordada primorosamente. Del cuello de la esposa del cantador colgaban hermosos collares de chaquira trenzados en gruesos manojos. Pensó en lo bien que se le verían a ella. No le quedó duda de que ese hombre sabía darle a los suyos más de lo indispensable. Además de formal, era atractivo en su madurez: tenía nariz recta, mandíbula fuerte y unos ojos profundos.

Estaba sorprendida de necesitar que la mirara. Para no perder la oportunidad de acercársele, se ofreció para tostar el maíz ritual y también para servir jícaras de *nawá* a los invitados. Su cuerpo flexible y joven se movía con delicadeza. Pasó frente al cantador infinidad de veces y en todas, sus ojos chocaron contra la mirada ansiosa.

Horas de verlo, de escucharlo cantar con voz enronquecida las historias de los mayores. La esposa se había dado cuenta del coqueteo y la miraba con resentimiento; sentada en cuclillas, siempre al lado del *maraakame,* estaba al pendiente para encenderle el cigarro, darle un trago de *nawá* o trozos de carne de venado, como era obligación de las mujeres de cantador. Cuánto desprecio encontró en su mirada, mujer envejecida que hacía gala de una mansedumbre excesiva. Qué triunfo representaba para Urima esquivarla y encontrarse de golpe con los ojos negros y ansiosos del hombre maduro.

Tukari Temai; así le dijeron que se llamaba el cantador. Era hijo del *maraakame* y gobernador Jaimana Tineika: aquel tan famoso que hacía años habían matado de un balazo para robarle sus vacas. Entre conversaciones, se enteró de que Tukari Temai era muy respetado, que sabía la manera de platicar hondamente con los abuelos por medio de cantos y sus poderes de curación eran notables.

El *maraakame* empezó a cantar una historia sagrada y todos entrecerraron los ojos para escucharlo. Todos menos

Urima que se puso a observarlo minuciosamente y reconoció que sí, que sí estaba dispuesta a ser su *neaturreri*.

LA FIESTA
DEL MAÍZ TOSTADO

AL LLEGAR A LA RANCHERÍA A LA QUE HABÍA sido invitado para
cantar, Tukari Temai, al igual que su esposa, hijos y ayudantes,
fueron recibidos por el dueño de la casa que les ofreció un sitio para descansar. De acuerdo a la costumbre, Tukari Temai
sacó su *rukuri tanaité tempté billa,* su jícara en que están todos, que llevaba envuelta entre trapos. El dueño la depositó
con gran delicadeza en su *ríriki.* La tranquilidad se instaló en
el corazón del *maraakame:* por medio de la jícara, los dioses
verían que él y sus parientes cumplían las obligaciones rituales
asistiendo a una fiesta más.

Recuperado del viaje, el cantador observó la buena dis-
tribución de la casa, formada por la cocina y multitud de *ka-
rretunes* de madera, construidos sobre zancos, que el dueño
utilizaba como dormitorios, y otros para guardar granos y
enseres. Al centro, como debía ser en todo rancho huichol,
estaba el espacio del *takuá:* gran patio circular y apisonado
sobre el que se realizaría la fiesta.

A esa hora, en la casa sólo había niños y mujeres; los pequeños vagaban esperando la comida, en tanto que las mujeres
cocinaban frijoles, tamales y carne de venado, o se dedicaban a
hacer las tortillas. Los hombres habían salido muy de mañana a
desbrozar los *coamiles.* Estaba cercana la ceremonia de la prepa-
ración de la tierra y era necesario quitar las hierbas y el desper-
dicio de la cosecha anterior de las milpas para la nueva siembra.

En el cuarto ceremonial, Tukari Temai fue recibido por la frescura de un suelo regado apenas y por la gruesa sombra del techo de zacate. Comprobó que sobre el altar ya se habían dispuesto enormes jícaras que contenían tamales, agua y tejuino. Los costales con mazorcas y maíz desgranado estaban al fondo y, clavados en el piso de tierra se encontraban varios *muvieris* de plumas de águila. Un par de violines esperaban, recargados en una pared de adobe, que recién había sido untada con barro. Al ver que tenían todo listo, tomó asiento en la silla de *maraakame* dispuesta para él. Silla de carrizo, de alto respaldo y grandes descansa brazos; una silla muy cómoda para que cantara por días completos las antiguas historias de la creación del mundo.

Los hombres regresaron al fin de los *coamiles*: eran los peyoteros que desde noviembre se habían ido a la cacería del *híkuri* y ahora, en abril, necesitaban de la fiesta para quitarse lo sagrado. Llevaban tiempo durmiendo en el *tukipa* para que a ninguno se le antojara una mujer. Días atrás corrieron venado y la carne del animal, cortada en trocitos y ensartada en largos hilos, colgaba de los árboles cercanos, lista para ser utilizada. Los hombres entraron a la casa ceremonial y colocaron los machetes sobre el altar. Cada uno se dirigió a la fogata en que chisporroteaba el abuelo Fuego, dio una vuelta ceremonial en torno a él y acomodó entre las brasas un trozo de leña.

—Abuelo Tatewarí, te trajimos esta leña para que te alimentes, para que crezcas y te hagas fuerte. Come, abuelo. Come, Tatutzima, no queremos que te apagues, no queremos que dejes sin tu luz la fiesta.

Rociaron con gotas de tejuino los machetes y luego les acercaron tamales: debían de estar cansados y sedientos de tanto trabajar cortando yerbas.

Dos muchachas entraron a recoger los cuencos de tamales ya vacíos. Una de ellas llamó la atención de Tukari Temai: era delgada, morena, joven, de facciones finas y ojos maliciosos. Llevaba una enagua roja, su corta *kamirra* blanca dejaba ver el talle firme y el gracioso ombligo. Ciñendo delicadamente su cabello suelto, lucía una corona de flores rojas. Ella sintió la mirada del cantador y en vez de bajar la cabeza, le regaló una coqueta sonrisa.

Los hombres del *coamil* se fueron a bañar al arroyo. Regresaron con cabello húmedo y ropa limpia. Algunos se empeñaron en llenar de pétalos y plumas blancas la achatada copa de sus sombreros; todos, ayudados de pequeños espejos, se habían pintado la cara con la amarilla pasta de la raíz del *uzra*. Las mujeres, imitándolos, tenían cuidado de pintar también a los hijos. Trazos finos que iban formando círculos sobre las mejillas. Festividad dedicada al sol, al fuego, al peyote: a todos los abuelos que propiciaban la temporada seca.

Tukari Temai salió de la casa ceremonial y acomodó su silla a medio patio. Los ayudantes se colocaron a los lados y Turirí, en cuclillas, tomó su lugar a los pies del marido como correspondía a la esposa de un cantador. Sentado en su silla ceremonial, el cantador vio venir a la muchacha de la roja corona de flores. Ella dejó a sus pies —sobre un *itari* de manta recién desplegado— una enorme jícara repleta de tamales diminutos. Llegaron más mujeres a acumular cuencos y arriba de todos ellos colocaron una vela encendida: eran regalos para el abuelo Fuego. Las mujeres repartieron los pequeñísimos tamales. Al recibirlos, los invitados dieron la vuelta ceremonial alrededor de la fogata y formando un círculo con los demás, cantaron para luego dejar caer los tamalitos a las llamas:

—Tatewarí, nuestro abuelo, come para que tengas fuerzas, para que nos alumbres los días y noches que durará nuestra alegría.

Las mujeres regresaron con enormes cestos y repartieron tamales grandes, humeantes, olorosos a maíz y frijoles recién cocidos. Cuatro niños trajeron sobre una manta jícaras con atole. Tras dar la vuelta ceremonial lo dejaron cerca de la lumbre. Las mujeres ahora traían grandes ollas en que humeaba la sopa de venado, con trozos de la carne que estuvo días ensartada en collares, secándose al sol. Cada ración, tras servirse, fue puesta en el suelo formando una larga hilera. Una jícara de atole, otra de sopa, siempre en línea recta.

—Tateteima, Tatutzima, Tamatzima: bajen paradas en la punta de sus plumas para que vean cuántas cosas les regalan —dijo Tukari Temai, a la vez que elevaba los *muvieris* y poco a poco hacía descender a las deidades invitadas—. Andamos sin comer ni beber porque así ayunaron nuestros bisabuelos. Ninguno de nosotros probará la comida antes que ustedes, los convidamos a que vengan a saborearla. —Ofreció el *mara-akame* sin poder concentrarse, porque de reojo iba siguiendo el gracioso paso de la sonriente muchacha. Las miradas estaban fijas en las jícaras en que humeaba la sopa de venado y el atole. Todo era silencio, veneración y respeto.

—Ya Tateteima, Tatutzima, Tamatzima probaron de las jícaras, ya se pueden alzar del suelo para dárselas a los invitados —dijo el que daba la fiesta.

Las mujeres repartieron la comida. Los tamales se desmoronaban al ser desenvueltos. Media docena de ellas iban dejándolos en pequeñas jícaras de donde los tomaba el invitado para comerlos con lentitud, paladeando el sabor de la fiesta. Tukari Temai estaba satisfecho de haber sido llamado por tan finas personas; se notaba que las mujeres fueron bien aconsejadas pues, al servir, ninguna tocó las manos de los convidados. Sin saber por qué, siguió todos los movimientos de la joven delgada que se afanaba en atender a la gente, y aprovechaba cualquier ocasión para mirarlo a hurtadillas y bajar la vista al sentirse descubierta. El convite llenó de alegres murmullos el *takuá*.

Oscureciendo, Tukari Temai inició un canto apenas audible que poco a poco fue subiendo de tono. Sus ayudantes lo repitieron hasta convertirlo en un canto pujante y entonces fue repetido por todos. Olas melodiosas se encresparon, notas potentes se elevaron, crecieron al rumor de una tormenta de sonoridades. Marejada, maremagno, maremoto que inundó el espejo de la noche.

—Bailen, dejen que su cuerpo hable con Tatutzima. Repitan cada baile cinco veces. Muevan los pies, animen a los niños, fíjense que marquen bien los pasos, que entiendan que ésta va a ser su vida, porque así lo ordena el costumbre. Así nos enseñaron y así nomás es —dijo Tukari Temai invitando a todos a participar.

La canción del *maraakame* era rítmica: su voz iba repartiendo acentos. Dos muchachos —que traían bastones adornados con plumas en una mano y en la otra una cola de venado— iniciaron el baile. Cada que daban una vuelta alrededor del fuego se paraban frente al cantador, marcaban el ritmo en su lugar en espera de que él cantara y los ayudantes se volvieran eco, para retomar la tonada y avanzar lentamente alrededor del fuego. Poco a poco se unieron más jóvenes al baile hasta que todos los hombres estaban danzando. Pasaron las horas, iluminadas por teas crepitantes.

Amaneció. Tukari Temai sabía que estaba cantando mal, que sus frases no brotaban con la nitidez acostumbrada. Se había distraído al grado de mencionar un nombre sagrado por otro. Detuvo el canto y cerró los ojos. Turirí se apresuró a darle un cigarro. Acuclillada junto a él, estaba atenta a sus necesidades y hacía rato lo sentía lejano. Él fumó con lentitud. Los asistentes comprendieron su cansancio. Pero no era cansancio y para él ninguna disculpa valía. Hizo el propósito de no ver más a la muchacha que, con cualquier pretexto, atravesaba el *takuá*. Cada que ella aparecía y mostraba interés en las historias sagradas, la tonada fluía y su voz vibraba acorde y melodiosa. Cuando ella se alejaba, la mente corría tras su sombra y el ritmo del canto, sin consistencia, se desmoronaba a mitad del aire.

Una y otra vez Tukari Temai pidió a los sagrados que hablaran por su boca, pero la muchacha iba y venía encadenándolo al vaivén de su cadera y a los menudos pies que avanzaban con la gracia y el atrevimiento de las jóvenes venadas. Olvidó el canto. Los ojos de la joven lo quemaban con llamaradas similares a las de los hachones de ocote, avivados por el aire de la madrugada.

—Abuelo, cantas mal porque estás cargando los pecados de todos, pobres de tus hombros que tienen que aguantar tanto peso. Todavía no amanece, acuéstate un rato, mi mujer puso un cuero de vaca en la casa de ceremonia, recuéstate allá —le aconsejó el dueño de la casa.

Tukari Temai sintió vergüenza. Estaba acostumbrado a cantar días completos sin que la voz o la memoria fallaran. Molesto consigo mismo pidió permiso a los dioses para suspender un rato el canto. Dejó la silla y caminó pensando en que había ganado su fama a base de sacrificios y, ahora, una chiquilla lo dejaba en entredicho. Buscando olvidar el incidente fue hacia un grupo de conocidos. Platicó un rato con ellos hasta que —tratando de no mostrar mucho interés— preguntó el nombre de la muchacha que en ese momento repartía jícaras con *nawá*.

Urima… de modo que se llamaba Urima y era la hija menor del dueño de la casa. Hacía años iba a casarse, pero se le murió el prometido. Estaba sola, aunque la pretendía uno de sus tíos, muy viejo él, ya con tres esposas. Vendría por ella en cuanto levantara la cosecha. Urima… Urima: hermoso nombre, hermoso susurro de las plantas del maíz en sus oídos. Eso era ella: un suspiro del aire que jugaba a despeinar el cabello de los elotes tiernos.

Al centro del *takuá* seguía refulgiendo el abuelo Tatewarí. Tukari Temai decidió continuar la ceremonia y se quedó mirando largo rato las llamas que bailoteaban. Necesitaba volverse sagrado para poder escuchar las palabras de los bisabuelos. Pidió a Kauyumari, al abuelo Fuego, a Takutzi Nakawé, a todos los que sentía haber ofendido, que no se molestaran por el aturdimiento y que hablaran más cerca de sus oídos para que nada pudiera distraerlo.

Recordó el consejo de su padre, el *maraakame* Jaimana Tineika: «Hijo, nuestras danzas son maneras de rezar con todo nuestro cuerpo. Buscan tener contentos a los bisabuelos. Cada vuelta vuelve a construir las peregrinaciones y la historia de nuestro pueblo. Los que bailan siguen la voz del cantador, por eso, cuando cantes, hazlo con toda tu alma».

Sentado en su silla ceremonial, cantó hasta recobrar el aplomo. Los bailadores avanzaban al ritmo de sus frases. La danza se tornó alegre, muchos pies golpeaban la tierra, levantando el fino polvo que le ensució el sombrero y las flores que lo adornaban. La fiesta resucitó junto con la claridad del día. Cuando el padre Sol se dejó ver en el horizonte, las mujeres se unieron a la danza para darle la bienvenida. De pie, Tukari Temai cantó con energía mientras sus *muvieris* saludaban a Tayaupá, que vencedor de las tinieblas, surgía brillante y poderoso. Urima también bailó. Su voz de vidrio —unida a la de todos— engrosó apenas las cadencias entre las que se movían sus pies graciosos. El *maraakame* la observó de reojo: golpeaba el suelo igual que todos, pero la suya parecía una danza ingrávida, como si la juventud le restara peso. Saltos de gacela, vuelos de garzas, golpeteos de palomas, la muchacha bailaba mientras el sol trepaba complacido la escalera del cielo.

Entrado el mediodía se celebró el baile de los esposos. Los hombres que habían ido a la peregrinación del peyote, acompañados de sus mujeres, pasaron al centro del *takuá*. Ellos se tomaron por la faja y ellas de la enagua, luego, en dos filas, guiados por la voz del cantador, marcaron ritmos sobre el piso de tierra. Después de ese baile podrían reanudar la vida marital, suspendida desde noviembre. Ellos bailaron hasta perder el carácter sagrado adquirido en Wirikuta; danzaron pensando que al fin terminaba la abstinencia. Tomando de la mano a sus mujeres, se movieron sin miedo a sueños lúbricos.

Tras veinte horas de danza y canto, la fiesta se detuvo. El *maraakame* se despojó de su sombrero adornado de flores y los demás le imitaron. Apenas iba a arrancarle algunos pétalos, cuando ya Urima le estaba ofreciendo pequeños ramos de su corona, que ahora era blanca, para que los introdujera al agua sacra y rociara con ellos a los invitados. Él recibió las ajadas corolas y sin querer rozó los dedos de la joven. Turirí observaba desde atrás y sus ojos contrariados buscaron los de la muchacha para levantar barreras, para aclararle a la espontánea rival que no le iba a permitir ningún avance más.

El que daba la fiesta fue al altar donde estaban los *muvieris* de plumas sagradas, tomó dos, los colocó en su sombrero y dio uno a cada miembro de su familia. Levantó dos en ambas manos y se los entregó al cantador. Urima se adelantó hasta llegar frente a él y aguardó con la cabeza baja. Las plumas temblaron cuando Tukari Temai las colocó entre el cabello y la *kuzrira* de la joven.

—Muchacha, te toca ser la *rarikieme*, la tostadora del maíz sagrado. Cuida que ningún maíz se caiga al suelo para que se dé bien la milpa. Cuida de que no se queme, para que el maíz no se pudra —le advirtió.

Todos callaron ante momento tan solemne. El *maraakame* tomó un comal de barro, lo ofreció cantando a las cinco regiones del mundo y se lo entregó a Urima. Ella lo colocó sobre una fogata de tres piedras. Alguien trajo desde el altar las mazorcas de maíz, el *maraakame* las ofreció a cada punto cardinal:

—Aurramanaká, que te quedaste al Norte; Rapabilleme, que te quedaste al Sur; Wirikuta, que marcas el Oriente; Aramara, que guardas el Poniente; Tatei Werika Wimari que nos ves desde arriba; Tatewarí, el que ardes aquí abajo; los saludo y les muestro el maíz que nos regalaron las madres del agua y de la tierra. Vamos a tostarlo para cumplir el costumbre —dijo al tiempo que dejó las mazorcas sobre el comal de Urima.

Ella los desgranó y tostó por separado los de cada color, ayudándose con una escobeta hecha con popotes traídos desde Wirikuta. Tukari Temai tomó la mano de Urima y la ayudó a revolver cinco veces los granos, tratando de no sentir la suavidad de esa mano que deseaba colocar sobre su corazón. Luego salpicó granos de maíz de cinco colores con agua de los manantiales de Tatei Matinieri, y pidió que los repartieran entre los convidados para que todos los sembraran y tuvieran suerte en la cosecha.

Concluyó lo sagrado de la fiesta. El dueño de la casa pidió a los invitados que se quedaran uno o dos días más a escuchar música de violín y guitarra, a comer tamales, a terminarse el caldo de venado, el *nawá* o el aguardiente.

Risas y palabras sin sentido estallaron al calor de la borrachera. Turirí, incapaz de soportar el cansancio, fue a la casa ceremonial y se tendió sobre un petate; las horas acuclillada, atenta a las necesidades del marido, la habían rendido. Cerca descansaban ya tres de sus hijos. Al momento se quedó dormida.

Tukari Temai buscó oportunidades para acercarse a Urima. Ella, que parecía percibir su ansiedad, le ofreció una jícara con frijoles caldosos. Él la regresó completamente limpia, como marcaban las buenas maneras. Urima, al recogerla, sin querer, o a propósito, rozó con sus dedos las manos encallecidas. Ambos se turbaron. Cuando ella levantó el rostro se encontró con unos ojos inquisitivos y se alejó con rapidez, dejando al hombre lleno de ansiedades.

¡Qué bonita era y cómo lo trastornaba! Tukari Temai concibió la idea de regalarle unos arrayanes que vio cerca del río, cuando venía para la fiesta. Cuanto más lo pensaba, más tironeaban sus emociones. Algo dentro de él pedía que fuera a traer las pequeñas frutas, pero su conciencia le negaba el permiso.

Caía la tarde, muchos de los invitados dormían, saturados de cansancio y aguardiente. Tukari Temai revisó una y otra vez el fondo de su morral para cerciorase de que el pequeño bule lleno de arrayanes seguía ahí. Palpó las frutillas a medio madurar, las olió hasta comprobar que conservaban su aroma natural y sintió una prisa desmedida por encontrarse con Urima. Hacía rato que la muchacha lo espiaba y fue a ofrecerle una sonrisa y una jícara con *nawá*. Sin perder tiempo él sacó los arrayanes.

—Hace rato, cuando fui al arroyo, divisé una mata de *tzikuai* y le arranqué sus frutas. Las miré y me dije: a esa muchacha le han de gustar los *tzikuai*, se los voy a llevar, así agradezco que nos atendió bien —murmuró. Sin permitir más explicaciones, Urima tomó el bule y corrió hacia la cocina.

«*Mueles unas cuantas hojas de árbol del viento, las revuelves con el jugo de sus raíces y untas con eso alguna fruta. Se la das a una mujer que no te haga caso nomás para que veas cómo pierde la voluntad… Yo pasé tiempo atrás de una mujer que me hacía desprecios, le regalé guayabas arregladas de ese modo y debías haber visto cómo me buscaba,* le dijo hace muchos años un viejo *maraakame* al que acusaban de ser hechicero. *Uno no debe ser dañero; está pedido para cosas buenas, no para andar* enhechizando gente. *Es malo agarrar el árbol del viento, quien lo prueba se vuelve loco, anda como borracho, hace desfiguros, se gana el coraje de los abuelos,* contestó en aquella ocasión Tukari Temai. *El árbol del viento es dañoso cuando se agarra de a mucho, pero unas hojitas no hacen mal. Ni pienses que no vas a hacer hechizos algún día. La vida es larga y uno no sabe,* le respondió el hechicero. *Ganar de ese modo a una mujer no tiene chiste, es mejor amansarla por las buenas,* se defendió Tukari Temai. *Tás joven, tienes poco de casado, por eso hablas así; cuando estés viejo veremos. Mejor ya no me alegues y guarda mi consejo para cuando lo ocupes,* remató el anciano, y rió a carcajadas mostrando unas encías pelonas *¡Maarakame tiyuki auheya!,* le gritó con desprecio Tukari Temai».

Ganar de ese modo a una mujer no tiene chiste, es mejor amansarla por las buenas…, qué vacías sonaban sus palabras mientras esperaba ver en Urima los primeros efectos del hechizo. Revolvió hojas y raíces de toloache como dijo el viejo y untó con ese jugo los arrayanes. Estaba seguro de que ella, después de comerlos, permitiría que él la convirtiera en su *neaturreri*.

Un miedo sobrenatural empezó a invadirlo. Los protectores lo habían pedido para *maraakame* bueno y acababa de realizar un hechizo. Sólo los brujos, sólo los hechiceros arreglaban comida para atrapar el alma de la gente. Nunca había hecho malas curaciones ni había clavado flechas de muerte cerca de la casa de sus enemigos. ¿Por qué ahora se atrevía a esto? El deseo de obtener a una muchacha lo estaba haciendo pasar sobre todos sus principios. Él, que se había indignado con el hechicero, acababa de hacer lo mismo. Iba en camino de ser un *maraakame tiyuki auheya*. Un brujo *tragagente*, en eso se estaba convirtiendo. Cada vez sentía más miedo, podría suceder que la sagrada Persona Venado dejara de dictarle cantos; que Tatewarí ya no le mandara sueños. El delito se magnificó en su imaginación, estaba seguro de que la furia de Takakaima, Tatutzima y Tateteima lo aplastaría. No podía arriesgarse al sagrado enojo, debía buscar a la muchacha para arrebatarle los arrayanes antes que los probara.

Urima intuyó que los arrayanes estaban preparados. No había motivo para que el cantador le regalara fruta. Observó en el bule las redondeces amarillas y perfumadas; al comerlas perdería la voluntad, se entregaría al *maraakame* con el apasionamiento con que se entregó al primer amante. Se enamoraría tanto, que seguramente le rogaría —como al primero— para que la llevara a su casa y la convirtiera en su *neaturreri*. Un relámpago de odio le atravesó la mirada: nadie iba a encadenar su voluntad, no dejaría otra vez su vida en manos de un hombre, por más que éste fuera un *maraakame* famoso y además le gustara. ¡Le aventaría los arrayanes a la cara!

Iba a salir de la cocina, cuando cruzó su memoria la silueta raquítica del tío que estaba esperando recoger la cosecha. No era tan malo ser la *neaturreri* del *maraakame*. Le gustaba su voz ronca y conocedora, sentía deseos de ser acariciada por él, sus ojos se perdían entre esas pupilas negras. ¿Hacía cuánto que no la amansaba un hombre? Debía escoger entre este cantador maduro y el viejo seco y tosijoso que tanto asco le causaba. Los pensamientos la confundían. Al fin se impuso uno: fingiría que se había comido la fruta. ¿Quién podría culpar de sus actos a una mujer embrujada? Tiró al suelo los arrayanes que le había dado el cantador, los desbarató con los huaraches y cubrió la pulpa con tierra. Llenó el bule con otros arrayanes que estaban sobre el zarzo que colgaba del techo y salió al patio. Ahí se encontró con Tukari Temai que, pálido y desconcertado, vio cómo ella, tras dirigirle una sonrisita ingenua, comía lentamente las pequeñas frutas.

MARAAKAME
TIYUKI AUHEYA

La tormenta cae con furia sobre campos anegados; los relámpagos deslumbran al cielo oscuro, los truenos revientan entre sembradíos. Mientras camina de regreso a Tepic, Tukari Temai permite que la tempestad lo golpee de cuerpo entero, su ansiedad es más fuerte que la del agua y el aire. Con las manos se escurre el rostro, se talla los ojos para distinguir y esquivar mejor ramas, charcos y piedras. El viento empuja los goterones que se estrellan en su prisa. Incapaces de soportar tanto castigo crujen los árboles. Tiembla el suelo, un rayo cae cerca, descuajando un enorme higuerón. Ni eso logra detenerlo, ha caminado durante horas, e intuye que ya está cerca de Tepic, del río, de la fábrica en la que Urima barre patios enormes. La sola posibilidad de verla acelera sus pasos.

Cuando deja de llover sus ojos siguen fijos al frente. Va recordando la primera vez que lo acusaron de ser un brujo *tragagente*.

—*¡Maarakame tiyuki auheya!*
—*¡Maarakame tiyuki auheya!*

Estas fueron las palabras que le causaron la desgracia. *Maraakame tiyuki auheya:* vocablos fatales; sílabas que crecieron como un gran remolino de viento para llevarse su prestigio. Por más que hizo, no pudo salir de la trampa de aire y ésta lo arrojó lejos de todos sus afectos.

En aquella ocasión, el impacto por la injuria lo dejó sin habla, después comprendió que la frase había sido dicha en un momento de arrebato. Pero con el tiempo, el calificativo se fue repitiendo hasta causarle angustia y amarrarlo a presentimientos de infortunio. Sentía venir una desgracia disfrazada de mal entendido y no sabía cómo conjurarla. Intentó aclarar las situaciones que se encadenaban inexplicablemente para señalarlo como un vulgar hechicero; como un *maraakame* que aprovechando conocimientos y poderes causaba daño a los demás y terminó —desesperado— contando a los que lo acusaban, la forma en que el venado azul, el león y la serpiente lo habían escogido para cantador bueno. Todos sabían que los bisabuelos sagrados hablaban por sus labios y sus consejos —al igual que sus advertencias— pesaban en el ánimo de la comunidad, pero empezó a perder el respeto de la gente, y se llegó a dudar de que fuera el más hábil y solicitado cantador.

El joven curandero Tukari Temai, estaba acostumbrado a que le solicitaran ayuda a cualquier hora, por eso no le extrañó ver —de madrugada— una sombra que llenó la abertura sin puerta del jacal. Se incorporó procurando no despertar a Turirí y se talló los ojos en un intento por reconocer al visitante: era su primo Uteakame. Saludó desde afuera; lo hizo respetando la costumbre que seguían los huicholes al pedir un favor a un *maraakame* al que debían dar trato de abuelo, como una forma de reconocer su sabiduría.

—Mi abuelo, ¿despiertas?

—Sí, *ne iguá,* sí mi hermano, hoy aquí me despierto —respondió él.

—Todo el camino vine pensando que Takakaima te escogieron para curación, que el león te regaló su garra, el venado su pezuña y la víbora su cascabel para que pudieras aliviarnos. Tú sabes curar nuestros espíritus.

—No soy yo, *ne iguá,* son los sagrados, ellos me dieron poder para remediar males.

—Me acordé de ti porque en mi casa sufren…

—¿Quién está malo por allá?

—Nuiya, mi mujer, ya va a tener al hijo. Desde ayer se puso mala; puja y puja pero el *nunutzi ukí* no quiere... Se agarró del palo grueso del jacal, hizo fuerza muchas veces y no pudo hacer que naciera. La vi desesperada, temblaba de tanto sufrimiento. Le dije que se hincara, yo me senté atrás de ella y por ayudarla le apreté la panza para que el *ukí* se le saliera. Lo hice con mis manos, luego con un rebozo, y no-más conseguí cansarla. No está la señora que ayuda en estas cosas, dicen que se fue a una fiesta y regresa la otra semana, a lo mejor el *nunutzi* está atorado, por eso vine a despertarte....

—Nos vamos a ir —dijo Tukari Temai tomando rápida-mente su *takuatzi Kauyumari,* la cesta de curandero donde guardaba todos sus avíos.

Por el camino iba pensando en Nuiya, en que ella le había gustado cuando ambos eran niños. Ella, con sus siete años y la boca chimuela le estremeció por primera vez el corazón. Recordó la vez que junto al río le confesó a su primo Uteaka-me el cariño que sentía por la niña y le preguntó cómo hacer para que Nuiya lo quisiera. Él aconsejó que le hiciera rega-los. Entonces la colmó de flores, hermosas plumas de pájaro y le hizo pulseras con semillas y piedrecitas de colores, pero Nuiya prefirió siempre a Uteakame. El recuerdo le arrancó una sonrisa. Qué bueno que Nuiya y Uteakame se hubieran casado y esperaran a su primer hijo. Turirí estaba embarazada y pronto también él sería padre. Lo invadió el deseo de ayu-dar a Nuiya, haría lo que estuviera en sus manos para que sus poderes la sanaran. Caminó con prisa, era necesario asistir lo más pronto posible a la esposa de su primo.

A Tukari Temai le bastó mirar a Nuiya para darse cuenta del riesgo en que estaba. Se le había pasado el parto. Le do-lió su cara cenicienta, las grandes ojeras, el cansancio con que respiraba. Su corazón se asustó, el niño enamorado de la niña chimuela emergió bloqueando la comunicación con los espí-ritus guías; urgencia y angustia eclipsaron su entendimiento, perdió el aplomo y los sagrados lo dejaron solo, completamente solo frente a una moribunda. Sacudió la cabeza, debía olvidar sus emociones y dedicarse a curar, a ser sólo el canal por donde se manifestara el poder de los dioses. Trató de reanimarla manipulando el abdomen para que se reiniciaran las contracciones, pero éste se negaba a sentir más dolores y permanecía laxo.

El tiempo apremiaba, mordió peyote, abrió su *takuatzi Kauyumari* y sacó los *muvieris*, con sus plumas mágicas. Las agitó sobre el vientre dilatado sin sentir el hormigueo que le hacía saber que su poder fluía y llegaba al enfermo. Ni cantos ni peticiones propiciaron los espasmos. Llamó al marido, le preguntó si había hecho la flecha para el abuelo Fuego. Él dijo que no. Era necesario hacerla y colgarle un pedacito de tela que tuviera bordada la figura de una mujer. Era la petición de la futura madre para salir bien del parto. Había que llevarla inmediatamente al *ríriki* del abuelo Fuego. Los familiares trabajaron a toda prisa para terminarla. El marido corrió a dejarla en un adoratorio de las montañas.

Hizo todo por salvar a Nuiya: tés que provocaran contracciones, ungüentos que le calmaran dolores sordos, peticiones a los dioses, cantos, pero nada funcionaba.

En cuanto amaneció saludó con sus *muvieris* a las deidades de los cinco puntos cardinales para que le proporcionaran protección y guía. Sintió que no lo escuchaban, sus *muvieris* parecían un manojo de plumas muertas. Esperó a que despuntara el sol, lo saludó con sus plumas, dibujó con ellas el contorno del sol como si quisiera rasparle un poco de su color dorado. Regresó junto a la parturienta y sacudió las plumas sobre el abdomen fláccido, para que todo el poder del padre Sol cayera como polvo de oro sobre ella; se angustió al sentir que nada caía.

—Tukari… los ojos me pesan… parece que me encimaron piedras…

—¡No los cierres Nuiya…! ¡Aguántate las ganas de dormir!

—Ya no puedo… estoy muy cansada…

Masajes, emplastos, más tés… Invocaciones a Kauyumari, y después a Mayé y Rainú, ruegos, promesas a Tatutzima… Parecía que las deidades dormían o estaban sordas. La muchacha quedó sumida en un sueño laxo. Desesperado, invocó a la madre huichola, la que se encargaba de poner el alma a los niños:

—¡Tatei Niwetukame, *ne tei*! ¡Ayúdame a jalar a este *nunutzi* al mundo! ¡Yo calculo que no nace porque tú no has terminado de hacer lo tuyo! ¡Apúrate, madrecita! Ponle pulseras y huaraches, dale flechas, arco y lazos para atrapar venado si quieres que sea un niño, o dale jícaras, comales y metates si quieres que sea niña. ¡Ya ponle el alma para que yo pueda ayudar!

En esa ocasión, la madre Niwetukame no tenía prisa. Tukari Temai la imaginó colocándole órganos de hombre y luego de pensarlo un rato, colocándole partes de mujer. Después se arrepentía del sexo otorgado y empezaba a pensar si varón o hembra… La madre Nacimiento olvidó que todavía le faltaba poner el alma *kupuri* sobre la mollera del que iba a nacer.

—¡Madrecita, Niwetukame, decídete ya! Esta muchacha y mi primo están recién casados y van a querer igual a un niño que a una niña —pedía, y al momento le parecía escuchar la voz resentida de Niwetukame, reclamando por qué no le habían llevado ofrenda, por qué Nuiya y Uteakame no habían ido a su cueva, a decirle que estaban contentos de que ella les estuviera tejiendo un *nunutzi*.

Desesperado, miró al abuelo Fuego hasta que el ondular de las llamas lo hipnotizaron y soñó la forma en que podía curar. Entre resplandores y crepitaciones, el fuego le dictó una canción para el parto. Era una canción larga, al entonarla masajeó al corazón, presionó la caja torácica para hacer trabajar a los pulmones, en tanto que barría con las *muvieris* el cuerpo desmadejado, limpiándolo de todo daño. Cuando pasó sus plumas sagradas por la cabeza de la enferma, tuvo una rápida visión: el hilo de la vida de Nuiya era igual de delgado que una telaraña y se desgarraba lentamente… Los cabos se destorcían, se deshilachaban; flotaban ingrávidos. Intentó enredarlos entre las plumas de las *muvieris,* detenerlos con toda su fuerza mágica, pero el hilo —roto ya— se elevó como el humo, mezclándose con el aire para desaparecer entre el zacatonal del techo.

Lloró ante la tristísima suerte de una jovencita muerta al primer intento de regalar vida. Lloró largo rato por el niño atrapado para siempre en un abdomen-cárcel. La escena lo hizo pensar en su madre, que también murió de parto. ¿Tamaiku se quedó igual de inmóvil y serena que Nuiya?, ¿gritó?, ¿maldijo el instante de la concepción? ¿Cuál fue su expresión?, ¿cuál su pensamiento mientras se le desgarraban los hilos que la unían al mundo y él —apenas un recién nacido— daba su primer grito saludando al impulso vital con que corría su sangre nueva? Jamás sabría qué pensó su madre, qué sintió al ser arrastrada por el remolino de la muerte, pero Nuiya se la estaba recordando. Pensó en lo irónico del destino: a ella, al igual que a su madre, les escogieron un marido para que anduvieran acompañadas y sin embargo se fueron solas y llenas de miedo a recorrer veredas sombrías y sin retorno.

Cuando el marido regresó de dejar la flecha, recibió la brutal noticia y estalló en demandas. Exigió explicaciones:

—¡Cómo que no la curaste! ¿No eres el mejor cantador de por aquí? ¿No traes en tu *takuatzi* garra de león, pezuña de venado y cascabel de víbora? Te tuve confianza porque cantas bien, creí que ibas a ayudarnos por ser mi familia y la dejaste morir sin hacer nada.

Minutos largos, agrandados por el silencio. El viudo reclamaba y de pronto lo miró con rencor.

—Fue adrede, ¿verdad? —agregó

Tukari Temai entendía el dolor de su primo y continuaba callado: la voz del deudo subió de tono, hasta tornarse hiriente, irreflexiva:

—¡Sí…! ¡Fue adrede…! De chiquillos, acuérdate, los dos queríamos a Nuiya. No digas que no, si palabreamos de eso, si hasta le regalabas pájaros, flores y pulseras... A lo mejor en ese tiempo quisiste amaestrarla y ella no se dejó, ¡por eso te desquitaste!

—¡Ni nunca...! De niño uno juega a muchas cosas. Ahora de grande ni me acordaba de ella. Para qué quiero otra mujer si hace un año me dieron a Turirí, estuviste el día que nos casaron...

—Tienes maíz, puedes amansar muchas al mismo tiempo...

—No ocupaba ni a la que me dieron... Yo quería seguir solo, saber más, ser un mejor *maraakame*, pero mi padre la buscó para mí y ya estoy casado.

—Dejaste morir a mi mujer sin hacerle la lucha...

—Batallé mucho por ayudarla, pero tú no habías hecho la flecha para que el nacimiento fuera bueno. Acuérdate que con las flechas rezamos: si las colocamos encima de algo, estamos pidiendo que los abuelos lo cuiden; si clavamos una en el *ríriki*, sabemos que Takakaima, nomás de verla, va a conocer lo que queremos. Si hubieras hecho una, Tatewarí, el abuelo Fuego, hubiera dicho: «Uteakame y Nuiya me piden que todo salga bien cuando les nazca su hijo, voy a ayudarlos porque cumplen el costumbre: allí está su flecha y su jícara».

—Quieres echarme la culpa, pero hay cosas que no se pueden disimular.

—No te entiendo...

—Es fácil ver que eres un brujo: luego luego te notas fuerte. Otros *maraakate* se chupan de la cara por cantar días seguidos y tú no... Los teiwarirris vecinos dicen que todos los huicholes somos un montón de indios flacos y tú te miras repuesto. ¿No eres igual de indio que nosotros?, ¿no será que comes gente?, ¿que te *suerbes* su sangre? A lo mejor tenías ganas de comer tiernito. Hace días soñé que un brujo se chupaba a mi hijito recién naciendo. No pude ver su cara porque todo estaba neblinoso, pero comparándote con el hechicero de mi sueño, veo que se parecen... ¡Sí... eras tú! ¡Eres un cantador *tragagente*, un maldito *maraakame tiyuki auheya*.

La tristeza se le acostó en el corazón. El primo con el que compartió trozos de infancia, lo ofendía después de solicitarle ayuda y llamarle abuelo como señal de respeto. Trató de explicar a su familiar que aunque un *maraakame* tiene cualidades tanto para enfermar como para curar, él no podía ni quería ser brujo; que desde la primera vez que probó el peyote allá en Wirikuta se le apareció Kauyumari, el venado azul, para regalarle una pezuña y señalarle el camino de los *maraakates* buenos; que él estaba contento con ayudar. Dijo todo esto al primo que, herido por el ramalazo de la desgracia, sólo encontraba alivio culpándolo de la muerte de su mujer y su hijo.

No hubo convencimiento, el viudo se dedicó a contar sus sospechas a todos los que lo acompañaron al entierro y muchos quedaron convencidos de que la fortaleza de Tukari Temai se debía a que, como brujo *tragagente*, sorbía la vida de los demás.

No hizo caso a los comentarios, pero a veces, cuando pasaba por el caserío, como un rumor, como una mala sombra, iba tras de él una frase inmerecida e hiriente:

—¡*Maraakame tiyuki auheya…*!

—¡*Maraakame tiyuki auheya…*!

NEATURRERI

LOS DOS AYUDANTES SE DESVIARON hacia el camino que los llevaba a su caserío. Tukari Temai, Turirí y sus hijos se perdieron entre breñas y zacatales. La mula que cargaba los regalos obtenidos por el cantador bajaba y subía con dificultad por barrancos y cimas. Aprovechando algún descuido, el *maraakame* miraba hacia atrás para comprobar que Urima los seguía a distancia. Aturdido, no sabía si lo que le aceleraba el corazón era la alegría de mirarla, la compasión por saberla sin voluntad, o el miedo por haber recurrido a mala magia. Incapaz de precisarlo, se enternecía al verla caminar sorteando riesgos, escondiéndose hábilmente de los ojos de Turirí.

¿Qué tenía esa muchacha que le despertaba tanta ansiedad? Desconocía esos remolinos que le avasallaban el pensamiento, su cariño por Turirí fue manso y nunca, mientras estuvo de viaje, sintió desesperación por regresar a la casa para estrecharla, como deseaba hacerlo con Urima en cuanto llegaran. Los caminos parecían más largos, el miedo a que ella se cansara y desenredando los hilos del hechizo regresara a su casa, lo hacía buscarla de reojo. Le urgía llegar para que nadie pudiera quitársela, para que ella ocupara el lugar de concubina que él quería darle.

¿Quién le había hecho brujería a quién? Un vórtice de anhelos lo arrastraba, llenándolo de apetitos. La muchacha de caderas anchas, senos turgentes y duros iba detrás. Urima ya era dueña de sus oídos, que ahora sólo guardaban el eco fresquísimo de su palabra; le había robado el olfato para depositar en él su olor a flor de monte; le había hurtado los ojos, las manos y hasta el alma como lo hacen los brujos *tragagente*.

Tras horas de viaje llegaron a la ranchería. Estaban descargando la mula cuando escucharon:

—¿*Keaku reteaka iyunigua*? ¿Cómo han estado?

Turirí palideció: la joven que no se cansaba de coquetear con su marido estaba ahí, fatigada, sonriente, con el polvo del camino entre las ropas. Sabía que cuando una mujer llega a la casa de un hombre, es porque está dispuesta a vivir con él.

—Aquí vengo, los seguí. ¿Puedo pasar a su *takuá*?

—¡Pasa!, ¡busca la sombra de algún techo!, ¡entra! —dijo precipitadamente Tukari Temai.

—¡No! ¡A mi casa no te metes! ¡No te doy permiso! ¿Qué buscas? ¿Para qué nos seguiste? —inquirió Turirí y sus preguntas se quedaron en el aire.

Urima, sin desdibujar la sonrisa, hizo el intento de entrar. Turirí se interpuso.

—¡Ni nunca vas a pasar! ¿Lo oíste *yeegua*? ¡Vete, vete!

Caía la noche cuando Urima logró meterse al patio, buscó el amparo de un alero de zacate y se sentó recargando la espalda en la pared de adobe.

—Del patio no pasas, *yeegua* —amenazó Turirí con voz chillona.

Urima estaba segura de que entraría a la casa y calló ante los aspavientos de la primera esposa. Parecía un animalillo arrinconado, miró con ojos medrosos al *maraakame* en espera de la decisión final. Turirí dejó claro que no iba a admitirla como *neaturreri* de su marido y se cerró a los razonamientos del hombre desesperado.

—Mujer, ya déjala entrar, la pobrecita quiere vivir aquí; por eso nos siguió. No ha comido… Mira cómo la asustan tus gritos… está a punto de llorar.

—¡Usted nomás te apuras por ella, yo tampoco he comido, me duele la panza de tanta bilis y en eso no te fijas! ¡No quiero que ésa entre, y no entra! Yo soy tu mujer, la de a deveras, y digo que no. Si le asustan mis gritos, que se largue.

—Ni que te costara tanto a usted dejarla pasar. Si ya entró al *takuá*, que de una vez entre al *karretune*...

—Del *takuá* no pasa... Que se quede allí el tiempo que quiera. ¿No te fijas usted que es mañosa que pone cara de perro apaleado cada que sales a mirarla?

—Urima no busca hacerte males... Es bueno que la dejes, usted te ves cansada: vas al río a lavar trapos, echas tortilla, acarreas agua y leña, tejes, cuidas los hijos... Si la recibes te ayudará con todo, será como tu hermana...

—¡No quiero ayudantas!

Llegó la noche y Urima se tendió a dormir en el patio. Con el despertar del sol, Tukari Temai buscó apoyo en los hijos.

—Hijos, hagan que su madre entre en razones...

—Ni gasten su saliva. Mejor díganle a la *yeegua* esa que se largue.

—Eres testaruda; usted dices que no y ni quien te mueva. No me cuesta nada meterla al *karretune*, pero quiero hacer las cosas bien. Te pido permiso porque eres mi *neauya*; mi primera mujer, la de a deveras.

—¡Soy la primera, y no quiero *niuna* más en mi casa! Mi padre no necesitó otras: usted también aguántate, hace daño andar con muchas.

—Dice el costumbre que puedo agarrar mujeres hasta donde alcance mi maíz. A poco no miras que unos tienen hasta seis. Si tu padre no quiso otras, ni modo, el mío tuvo tres y *niuna* peleaba.

Turirí guardó silencio, lo que decía su marido era verdad. Quizá ella podría hacer el esfuerzo y aceptar a otra, pero no a esa muchacha que le parecía altiva; no a la que miraba a los hombres sin agachar la cabeza; no a la que tanto defendía Tukari Temai. Se exasperó, estaba a punto de ser suplantada en el *tapeixtle;* hasta ahora empezaba a conocer los celos.

—Yo también me sé el costumbre: puedes tener mujeres

hasta donde el maíz te alcance, pero si la *neauya* no las quiere, está en su derecho de correrlas.

Tukari Temai no sabía cómo vencer la terquedad de su mujer.

—Si no me dejas tenerla aquí, me voy con ella a otro lado. Escoge.

Turirí no quería quedarse sin marido, pero sentía coraje, odio contra la que durante toda la fiesta estuvo coqueteando con su esposo. Otra y no Urima, otra con la que pudiera entenderse. Recordó un sueño que tuvo días antes y le encontró sentido: estaba a mitad del *takuá*, haciendo tortillas como todas las mañanas, cuando una perra amarilla surgida de la nada se acercó al comal. Lo jaló con el hocico y tiró tres tortillas a medio cocer. Ella lo quiso jalar también consiguiendo solamente quemarse las manos. Mientras se ponía remedios en las quemaduras, la perra aprovechó para hacer otra lumbrada y ponerse a echar tortillas en su comal. En el sueño, Turirí miraba al cielo y veía cómo las estrellas temblaban hasta caer en una lluvia lenta y dolorosa. «Alguien va a robarte tres cosas que quieres mucho. Para que eso no pase haz una flecha y una jícara pidiéndole a Tateteima que te ayude», le dijo Tukari Temai tras escuchar el sueño. Ese día él tenía prisa; estaban esperándolo los familiares de un enfermo y no especificó ni el color de la flecha ni el de la jícara. Turirí, atareada como andaba, olvidó el asunto. Ahora entendía que la perra amarilla era Urima e iba a quitarle tres cosas importantes en su vida. Se arrepintió de no haber hecho ofrenda a los bisabuelos para protegerse.

—Todo por tonta. ¿Qué me costaba hacer una jícara y una flecha a Tateteima? —se preguntó en voz alta.

—Alegas sola, ya te estás volviendo loca —le advirtió el marido.

—Tú eres el que está loco. Lástima que te entró la loquera ya de viejo y no miras que Urima está más chica que tus hijas.

Tukari Temai no contestó, se sentía borracho por una pasión que le nacía a destiempo, Urima era más joven que muchos de sus hijos, pero qué importaba eso. Los sentimientos se le encresparon. ¿Por qué, si había vivido casi treinta y seis años con una sola mujer, ahora sus ansias se rebelaban y exigían otro cuerpo, otra cara, otra sonrisa?

Turirí se angustió ante la firmeza de Urima y la ansiedad del marido. Miró a sus hijos esperando que dijeran algo a su favor. Como no lo hacían, reinició la discusión:

—A esa *yeegua* no le va mal: tu padre le llevó una cobija para que se tape el frío, en cambio a mí...

—Mi madre, *ne tei,* ya no busques pelea. Mi padre parece loco, está igual de borracho que los que prueban árbol del viento. Años de mirarlo y hasta ahora le veo desesperación por tener otra mujer. Ella también lo quiere, si no, no estaría aquí. Acepta ya. Muchos de tus hermanos tienen dos o tres esposas y todas se ayudan. Cualquier día mi marido me lleva una, y voy a tener que recibirla. Si no la dejas entrar se van a ir juntos.

—Hairrama, hija, ¿por qué le das lado a tu padre?, ayúdame...

—Déjala pasar, mi madre, ya no hagas bilis, entiende que los hombres buscamos más de una mujer.

—Kukame... no digas eso...

—Hazlo, mi madre...

—¡Ni nunca!

La tarde se llenó de calor y polvaredas. Fastidiada, Urima hizo el intento de marcharse, pero Tukari Temai corrió a detenerla.

—¡No te vayas! ¡Entrarás a mi casa como debe ser!

Urima ya no quería palabras. Esperaba que el *maraakame* se impusiera sobre su caprichosa mujer. La admiración que sentía por él se estaba desvaneciendo al mirar lo que consideraba debilidad de carácter. Le angustiaba regresar a su casa, mas aún así salió del patio. En la vereda, Tukari Temai la alcanzó para mostrarle un grueso collar de chaquira.

—Toma, te regalo este *kuka,* pero espérate.

La joven tomó el collar hecho con multitud de hilos en que se ensartaban miles de cuentas rojas. Hilos retorcidos formando un voluminoso y pesado regalo.

—Es un *kuka* muy grueso, debe costar mucho, gracias, pero...

—Pensaba ocuparlo para adornar flechas y jícaras, pero ya noto que te luce mucho.

Mientras volvía al sitio donde había estado sentada, Urima se dio cuenta del error que iba a cometer: una mujer hechizada no se va aunque la esposa la mate a golpes porque no tiene voluntad ni pensamiento. Miró a Tukari Temai, estaba tan preocupado por la situación, que no había reparado en ese detalle. Decidió borrar toda sospecha.

—Cantador: no sé por qué estoy aquí. Desde que te conocí no pude dejar de mirarte, pero eso no es motivo para que yo te siga a usted hasta tan lejos. Cuando terminó la fiesta algo me obligó a venir detrás, sin pensar que mi padre ya me apalabró con uno de mis tíos. Caminé con las ideas emborrachadas, como si mis pies se movieran solos, como si algo me jalara. Ahorita que quise irme sentí los pies engarrotados. ¿Qué tengo? No quiero regresar a mi casa. Si tu mujer no me recibe me voy a quedar aquí sentada, a morirme de hambre, o a lo mejor eso que me venía jalando me va a llevar a un voladero —dijo llorando.

«*Mueles unas hojas y unas raíces de árbol del viento, las revuelves con el jugo de sus raíces y untas con eso alguna fruta. Se la das a la mujer que no te haga caso nomás para que veas cómo pierde la voluntad...*» Los augurios del hechicero se habían cumplido. Tukari Temai se sentía responsable de cambiar el destino de la jovencita. Sus lágrimas lo llenaron de remordimientos, la abrazó, preso de un deseo enorme de protegerla.

—¡Suelta a esa *yeegua rapí* caliente! —gritó Turirí.

—¡Vamos a arreglar esto de una buena vez! —respondió él. Aferró a la esposa del brazo y se la llevó casi a rastras rumbo al río.

Turirí supo que todo estaba perdido. A gritos y jaloneos su marido la obligó a sentarse en una piedra bajo la sombra de una clavellina. Nunca él la había tratado de esa manera. El río corría llevándose lágrimas y maldiciones. Se volvió a arrepentir de no haber hecho las ofrendas a Tateteima. Las flechas hubieran tenido pláticas con las madres sagradas y nadie le quitaría ni el cariño del marido, ni el hogar, ni el respeto de los hijos, que eran las tres cosas que estaba perdiendo. ¿Por qué no llevó una jícara a las abuelas? Al beber agua en esa jícara, ellas se hubieran bebido sus peticiones y echado lejos a la perra amarilla. Las palabras se le revolvieron con la desesperación. Habló despacio sin evitar que la angustia resbalara entre frases rotas:

—Ni nunca creí que quisieras otra... no eres de los que agarran mujer a cada rato. Me has dejado mucho tiempo sola... cuando te vas a la peregrinación del *híkuri* les pido a los Kakaullarirri que cuiden a los que contigo ponen sus pies en el camino... Cada que sales a Wirikuta entiendo que necesitas ir y te ayudo desde aquí, caminando despacito para que no te caigas en los barrancos. Cuando regresas entiendo que estás sagrado y no me acerco. Te llevo la comida hasta el *tukipa* sin ver tus ojos para no despertarte malos pensamientos. Aguanto todos los ayunos de sal, lloro los ayunos de mujer a los que te comprometes. Tú qué sabes las cosas que siento y pienso cuando estoy sola... Ahora que me había acostumbrado a que no te me acerques me entero que eres un hombre al que le gusta revolcarse con otras.

—Era tu obligación pedir por mí y esperarme sin mirar hombres. El costumbre manda eso a las esposas, para que los cazadores de *híkuri* tengamos buen camino.

—Yo miré a muchas aprovechar que sus maridos andaban lejos...

Tras un largo silencio Tukari Temai sacó de entre sus fajas otro collar de chaquira, de encendido color azul, y lo colocó en el regazo de Turirí, acariciándole las manos.

—Este *kuka* es para que ya no te enojes…

—Este *kuka* costó mucho, mira qué tantos hilos de chaquira tiene. No me lo des, lo ocupas para adornar ofrenda.

—Puedo vender un toro para comprar otro.

—Te vi trabajar recio para comprar este *kuka*, era para pegarlo en las *rukuris* de la ofrenda. Debes querer mucho a ésa, para dármelo.

—Ya entendí que te descuidé. No conocía esto que siento cuando la miro, a ella no podría dejarla mucho rato sola.

Turirí necesitaba preguntar algo, pero tenía miedo a la respuesta. Decidió hacerlo aún a sabiendas de que podría lastimarse. No entendía por qué deseaba que todo su mundo se desmoronara.

—Ni siquiera las primeras veces, cuando nos reíamos mucho y a cada rato íbamos al monte para abrazarnos… ¿ni siquiera entonces sentiste por mí eso que sientes por ella?

Tukari Temai iba a contestar que sí; que desde que empezaron el matrimonio y muchas veces más, él tuvo ganas de estar junto a ella; que la alegría le llenaba el corazón y le hacía buscar flores y pájaros para regalárselos; que le costaba trabajo alejarse por mucho tiempo para cumplir con su obligación de *maraakame;* que hasta hacía días sentía gusto de verla, de hablarle, pero supuso que decirlo fortalecería el rechazo de Turirí por Urima y negó sus sentimientos:

—Acuérdate que yo no te escogí: nuestras familias se arreglaron. Ni tú ni yo queríamos casarnos, sólo obedecimos el costumbre. Tú rezongaste mucho…

—Ya te dije por qué…

—Ya ni me acuerdo por qué… pero hicimos las cosas sin ganas. Te acostaste en mi *tapeixtle* porque no te dejaron de otra.

—Me acosté en tu *tapeixtle* porque te tuve cariño.

—No… a los dos nos obligaron hasta acostumbrarnos. Es distinto lo que me está pasando con Urima: a ella la escogí yo, es a mi gusto. Mira nomás cómo me pongo al decir su nombre. Yo la escogí y quiero quedármela , así nomás es. Tú no sentiste estos remolinos, estas borracheras por mí, por eso no me entiendes.

Turirí quedó completamente desgarrada. No halló palabras para decirle que lo quería, que por él, muchas veces había sentido en el corazón y en la cabeza remolinos y borracheras que ahora, aunque los sentimientos estaban callados, eran firmes, gruesos, hermosos como el collar azul que sostenía en las manos. Cómo le estaba doliendo que él dijera que no la escogió. Se sentía minúscula y envidiaba la suerte de Urima. ¿Qué hizo esa muchacha para lograr que un hombre como Tukari Temai la necesitara de esa manera?

Animado por un silencio que consideraba comprensión, Tukari Temai continuó destruyéndola:

—La muchacha no está aquí porque ella quiera: yo me la traje con mala magia. En cuanto te dormiste fui al cerro a buscar el árbol del viento. Hice brujería y se la di a comer en unos *tzikuai*. Ella nos siguió porque con esos arrayanes le robé los pensamientos. Mis hechizos la jalaron por los caminos, se quedó porque tengo agarrada su alma.

Turirí ya no tuvo fuerzas para llorar. La aclaración de que no fue escogida para esposa le carcomía el entendimiento y la nueva confesión acabó por aturdirla.

—¿Hiciste eso por ella? —Alcanzó a preguntar.

—Ya te dije que parezco embrujado.

—¿Cómo te fuiste a valer del árbol del viento? Con eso te vuelves *tragagente*. ¿Para qué lo agarraste? Kieri Téwiyari, sus brujos, lechuzas y murciélagos van a perseguirte. Los bisabuelos se enojarán contigo —dijo en tono severo. Quería lastimarse a fondo, por eso preguntó:

—Eso de tocar árbol del viento, ¿lo hubieras hecho por mí?

—Solamente por Urima —contestó él, moviendo negativamente la cabeza.

Las palabras finales fueron machetazos que cayeron sobre sus coyunturas para desarticularlas. Se secó las lágrimas con la palma de la mano, se levantó trabajosamente.

—Estoy toda desguanzada, creo que me pasaste tus borracheras.

—Te conté lo del hechizo para que sepas que la pobrecita no tiene la culpa.

Turirí suspiró al darse cuenta de las ansiedades que removía Urima en el alma del marido. Los ojos de Tukari Temai pasaron de la súplica a la esperanza y ella reconoció que, a tanto forcejear, la perra amarilla le había ganado el comal y echaría tortillas para ella sola. Nada quedaba por hacer. Incapaz de comprender por qué un cantador como su esposo, tan apegado a los ritos, era capaz de recurrir a hechicerías para obtener a una mujer, inició el camino de regreso.

—Mi sueño de la perra se está cumpliendo —dijo bajando la voz.

—Los mensajes de los bisabuelos siempre se cumplen —respondió él, sin saber bien de qué le hablaba ella.

Sólo me falta mirar que las estrellas tiemblen y se caigan, pensó ella. Le avergonzaba su terquedad. ¿Por qué se había opuesto tanto? ¿Por qué buscó que le recordaran que era la esposa impuesta? Le dolió pensar que Tukari Temai llevaba más de treinta y seis años acariciándola por obligación y corrió hacia la casa. Se sentía ridícula; quería llegar pronto, dejar de ser un estorbo.

Urima dormitaba recargada en la pared de adobe, bien protegida por la cobija del *maraakame*. Turirí se acercó a moverla sin brusquedad. Cuando la muchacha abrió los ojos se encontró con la sonrisa agria y dolorosa de la mujer del cantador.

—Métete a la casa, muchacha, ya es de noche y hace frío. Ya dije que sí. Ya sé que él se valió de mala magia para traerte. Robó tu espíritu, te dio arrayanes embrujados y tú te los comiste, por eso nos sigues, por eso quieres dormirte con él. Yo sé que horita no piensas. Quédate, ya qué...

Urima contuvo trabajosamente una sonrisa de triunfo, luego habló con voz dulce:

—No sabía que tu marido me dio fruta arreglada. Con razón siento que lo quiero, con razón pensaba quedarme aquí hasta morirme de hambre, si enredó mi vida con la suya... dicen que los hilos de la mala magia son tan fuertes, que nadie los puede desatar.

—No te invito de buena gana. Me da coraje que entres a mi casa y te adueñes de mi *tapeixtle* y de mi marido, pero ya no voy a estorbarlos: pasa, seremos como hermanas, cuidaremos de nuestro hombre y de nuestros hijos. Ese es el costumbre y así tiene que ser.

Urima entró a la casa sabiendo que haría lo necesario para que todo lo que había adentro le pertenecería en igual proporción que a Turirí. Ya era la *neaturreri* de un *maraakame* famoso. No tenía la menor intención de tolerar que la *neauya* siguiera tratándola mal, se ganaría totalmente a Tukari Temai para que la defendiera de las iras de la desplazada. Y pensar que estuvo a punto de rendirse... que al amanecer iba a regresar a su casa arriesgándose a que su mentira quedara al descubierto. Ella conocía el caso de una mujer de Tuapurite a la que su marido hechizó para que se matara cuando él muriera, y la mujer se colgó de un árbol el mismo día en que él estaba tendido. Planeaba contar a su padre que siguió al cantador porque le hizo brujería, pero, ante tantas humillaciones de la *neauya* sintió coraje y se regresó. ¿Quién iba a creerse eso? Había hecho bien en aguantar, la casa de Tukari Temai contaba con comodidades y era acogedora.

Tukari Temai escuchó a su mujer pedirle a Urima que pasara, aceptándola como hermana menor, y recobró la alegría. Lleno de nerviosismo se acercó a la joven, la tomó del codo con mano temblorosa y la condujo lentamente a un *karretune* que se encontraba al otro lado del *takuá*. Turirí los vio alejarse, alzó los ojos al cielo y vio cómo todas las estrellas del infinito temblaban en sus pupilas, para precipitarse después por la frialdad de sus mejillas.

CON LA CABEZA NUBLADA

DESANDAR EL CAMINO LE HA COSTADO HORAS. Tukari Temai siente alegría de estar de nuevo en Tepic. Es muy noche y sabe que ninguna fábrica puede estar abierta a esas horas, pero le cuesta trabajo soportar la ansiedad de conocer el lugar donde trabaja Urima. Su cuerpo le pide descanso, quiere quedarse en lo que parece el centro de la ciudad, protegido por unos portales que rodean un gran cuadro empedrado y una fuente. Sería fácil arrinconarse como muchos y dormir por horas, pero su ansiedad incontrolable lo hace caminar calles abajo, hasta los límites marcados por un río caudaloso. A la izquierda hay un lugar donde mana agua, ¿ahí será Acayapan? Se hace un ovillo, no tiene cobija que lo proteja del frío, pero su cuerpo está tan cansado que el sueño logra vencerlo.

Aún no amanece cuando lo despierta el rumor de muchas voces. Abre los ojos y alcanza a distinguir grupitos de personas que toman un camino ancho. ¿Son obreros?, ¿van a la fábrica? Siguiendo el rumor de las voces toma un camino sombreado por cientos de árboles de guayaba, camino que termina a las puertas de un soberbio edificio de dos plantas y multitud de ventanas. ¿Esa será la fábrica? Busca un sitio desde donde pueda espiar a los que van llegando.

Sale el sol, su cuerpo lleno de frío agradece los rayos que lo entibian. El corazón le brinca al reconocer a Urima, que viene abrazada de alguien. No, no es huichol el que la acompaña. «Vimos a Urima, anda contenta, ya hizo su vida con un teiwari vecino», le habían dicho. El corazón se le marchita. Hipnotizado por el impacto, sólo atina a mirarla. Escucha sus risas, la ve entrar al edificio, ve al hombre entrar con ella y se queda inmóvil tras un guayabo. Al rato la ve salir al patio y ponerse a barrer. Urima canta, está contenta, usa ropas de mestiza y se ve igual de bonita que antes. Tukari Temai insiste en el recuerdo de Turirí hasta que la ternura de ella le sirve de escudo. Sólo así puede alejarse del edificio, del patio que barre una mujer feliz.

¿Qué tenía Urima en la mirada, en los brazos o en la boca? ¿Por qué prefería su cuerpo y dejaba para después responsabilidades y propósitos? Desde que ella se quedó en la casa, Tukari Temai anduvo con la cabeza tan nublada, que pareciera que fue él quien se comió los arrayanes con hechizo. Cuevas, ríos, bosques, matorrales; cualquier sitio era bueno para jugueteos y desfogues. Bastaba con que ella se levantara la enagua para que él se sumiera en un mundo vibrante y cálido. La poseyó una y cien veces sin dejar de sentirla ajena. Tuvo la sensación de que nada la detendría; de que la joven echada junto a él podría abandonarlo en cualquier momento. Muchacha de aire, y como el aire, inaprensible. Muchacha de agua que se escapaba risueña entre sus dedos.

El tenía cincuenta años y ella apenas diecisiete; Urima era la juventud, la fragilidad, la coquetería bailando entre sus manos nervudas. Siendo la *neaturreri* desplazó a la *neauya* desde la primera noche. Su cuerpo caliente le enseñó a sentir ríos de lava, sus besos exploraron cada recodo, llenando de humedad rincones antes clausurados.

Los ojos miraban y las bocas querían contar; Turirí las escuchó sin cambiar la expresión del rostro.

—Tú acarreando agua, mientras tu «ayudanta» se revuelca con tu marido.

—*Mupautzu kaní anene*, al cabo así es —contestaba ella.

—Regáñala, métele sus manazos, que ya no encandile a tu hombre.

—*Mupautzu kaní anene*, al cabo así es —repetía.

—La gente está enojada con tu esposo, no lo encuentran cuando se ocupa. Uno con apuros y él en el monte, saboreando mujer. Esa sabe entretener hombres, cualquiera ve que ya venía amaestrada.

—*Mupautzu kaní anene*, al cabo así es —volvía a decir para que entendieran que no quería hablar del asunto.

Las noches calurosas obligaron a la familia a dormir a cielo abierto, con la hoguera encendida a mitad del patio *takuá* para ahuyentar a los animales del monte. Turirí escuchaba murmullos y su imaginación no alcanzaba a comprender el por qué de tantos suspiros. Nunca había oído gemir tanto al esposo. Antes, cuando él dejaba de pensar en aprendizajes y se acercaba sin muchos preámbulos, ella lo recibía en silencio. Era cierto que él estaba descuidando su oficio; también que cuando venían a buscarlo nunca lo encontraban. Turirí tenía miedo de que los sagrados que pidieron a su esposo para *maraakame* se le aparecieran para reclamarle. Estaba convencida de que cualquier noche —como ya le había pasado a algunos cantadores— lo iban a despertar tres sombras que haciendo señas para que las siguiera lo encararían: «*Te estamos hablando nosotros, tus padres. Tenemos coraje porque desatiendes tus asuntos. Fuiste dado para curación, no para andarte revolcando nomás*». Después, un zarpazo de Mayé, una mordida de Rainú o la cornada de Kauyumari lo volverían a la realidad para exigirle que se pusiera a trabajar en lo suyo en lugar de andar haciendo desfiguros con Urima. Luego, estaba segura, le aventarían una maldición. ¡Quién sabe cuántas desgracias o cuántas purgaciones tendría que aguantar de aquí a que se apagara el disgusto de Tatutzima! Buscando ayudarlo hizo tres flechas y al clavarlas en el piso del *ríriki* pidió:

—¡Mis abuelos, ustedes sálvenlo!

Lo pidió aquella vez y siguió pidiéndolo cada que el marido olvidaba obligaciones.

—¿No está el cantador? ¿No para curación lo dieron los bisabuelos? ¿No vive aquí contigo? —preguntaban los que iban a buscarlo. Ella se limitaba a bajar la cabeza.

Un sentimiento de culpa empezó a invadir el corazón del *maraakame*: Urima dormía plácidamente mientras Turirí trataba de acallar sollozos. Llevaba semanas ignorando a la mujer que más parecía una sombra deambulando por la casa y diariamente rehuía sus ojos opacos y pesados. Ella estaba llorando y él se sentía responsable del llanto. ¿Por qué fue a recostarse junto a ella? Se estaba arrepintiendo cuando Turirí se le abrazó como lo haría una desvalida, él le acarició el cuerpo seco, la apretujó como esperando cerrar un dique de lágrimas que, desbocadas, arrastraban las aguas de un profundo dolor. Sabía la causa del abatimiento y queriendo mitigarlo la acarició. Ella le dejó el cuerpo entre las manos y su entrega fue pasiva y silenciosa.

Al día siguiente, mientras hacía las tortillas, Urima cambió la habitual sonrisa por un gracioso gesto de enfado. Tukari Temai comprobó que hasta enojada era bonita.

—¡*Karayune*…! ¡Anoche agarraste a aquella, dime que no es cierto!

—Sí, anoche pasó.

—*Gunari pá.* ¿No te llenas conmigo?

A él le divirtió esa explosión de celos y pretendió acariciarla:

—¡Quítate, das asco, apestas a sebo de mujer vieja!

Por la tarde, cuando fueron al río, él le regaló una pulsera de chaquira y prometió no acercarse más a Turirí.

—¡Qué bonita *matzuhua*… pero estoy enojada! Dime que esa no te importa, que nomás vas a estar conmigo…

—Así nomás será.

Hacía tiempo que Turirí lloraba en vano. El aire tibio de la noche llevaba su gemir discreto hasta los oídos de Tukari Temai, que pretendía no escuchar el reclamo y se abrazaba a Urima. Las dos mujeres jaloneaban sus sentimientos: una al llorar por ser desplazada y la otra al jactarse de tenerlo. La esposa era razonable, pero estaba molesta por los desplantes de la joven y Urima era una caprichosa adorable: ninguna cedía y ambas le preocupaban. Se justificaba pensando que Turirí llegó a su vida cuando no la esperaba. Una noche la colocaron en su *tapeixtle* y ambos tuvieron que aprender juntos los secretos de la vida mientras la casa se llenaba de hijos. La sabía fiel y recia, al grado de que fue necesario herirla para quitarla de en medio. En cambio Urima vivía en su piel, equilibraba alegrías y rabietas premiándolo con entregas envueltas en besos y arañazos.

Turirí ya no podía soportar más indiferencia y con la cabeza nublada decidió irse de todo lo que la hería. *No nací para vivir con uno que quiere dos mujeres en su tapeixtle*, pensaba. *Le hice la lucha y no me acomodo. Le voy a decir a Raureme que me deje estar en el karretune que tiene junto al ojo de agua, es mejor estar lejos a seguir mirando desfiguros.*

—Oye, arréglate para ir a la fiesta de Wautia —le pidió Tukari Temai interrumpiendo sus pensamientos. Ella sonrió: no iría a Wautia, buscaría la forma de que el marido se llevara a Urima y aprovecharía la ausencia para decirle al hijo que le prestara el *karretune*. Cuando regresaran, ella estaría lejos.

—Me siento mala, mejor vayan ustedes.

—Siempre me ayudas cuando canto.

—Estoy toda desguanzada, que te ayude Urima.

—Tienes que ir, como esposa te toca estar al pendiente, Tatutzima se va a enojar contigo si no te ve en la fiesta.

—Ellos miran que estoy mala… llévate a Urima, lo hará bien…

—Bueno, quédate y cuando regrese veo qué tienes.

Cuando el esposo y la *neaturreri* se fueron, Turirí sintió que algo pesado le caía encima. Suspiró, necesitaba vencer el miedo y la angustia a vivir sola para marcharse rápidamente, para ya no escuchar murmullos ni gemidos. *Los dos quédense en Wautia mientras agarro mis tiliches y me largo*, pensó. Al ver la casa ceremonial, los *karretune* que guardaban sus pertenencias, los cinco *rírikis*, el patio *takuá* se sintió inerme. Todo lo habían construido Tukari Temai y ella. Acababa de nacer el tercer hijo cuando el marido encontró ese espacio.

—Ahora que venía de Teakata, encontré un lugar bueno para vivir. Allí podemos hacer un rancho para ya apartar nuestra jícara.

A Turirí le agradó la amplia meseta que sobresalía en el terreno a desnivel. Empotrada a la parte baja de un acantilado, parecía un escalón sobre los peñascos. Desde ahí podía verse el valle con sus rancherías dispersas y semi ocultas entre un manchón de arbustos; se veía también la casa de costumbres, el *tukipa* y el patio ceremonial de la comunidad, mientras que al fondo de la cañada se escuchaba un río.

—Va a ser trabajoso acarrear agua, pero está bonito —dijo aprobando los gustos del marido.

Meses de cargar piedras para limpiar el terreno y formar con ellas una cerca que delineara el círculo del patio *takuá*. Ayudados por parientes, prendieron lumbre a los zacatales para ahuyentar a los alacranes escondidos bajo el pedrerío, formaron cercas, cortaron arbustos, hicieron bloques de adobe, levantaron paredes y colocaron techos. Sin descuidar a los hijos y con el más pequeño cargado a horcajadas sobre la cadera, Turirí ayudó a que la casa creciera.

Era bueno independizarse, llevaban casi cinco años viviendo con Jaimana Tineika. Tukari Temai se sentía a gusto siendo a veces el ayudante de su padre *maraakame*, pero deseaba hacer fiestas con entera libertad, construir sus propios *rírikis* y disponer del lugar a su antojo.

Contenta, Turirí se puso a hacer sus trastes. Siempre tuvo la esperanza de vivir aparte, por eso, al sembrar calabazas y bules, los cuidó para que crecieran mucho y ya maduros los partió a la mitad y los llenó de agua para pudrir la pulpa. A los días les escarbó los residuos hasta lograr unos cuencos duros y limpios que guardó en el adoratorio *ríriki* del suegro y luego los pulió para que se estrenaran junto con la casa.

Las paredes sostuvieron gruesas ramas sobre las que Tukari Temai colocó el techo de zacate, amarrado en haces y fijado con tiras de fibra de maguey, en tanto que ella molía en su metate tierra de almagre hasta volverla un polvo finísimo y rojo que mezcló con aceite de chía para embarrarlo a los bules. Los cuencos tomaron un color rojo opaco que abrillantó tallando con piedras lisas. Cuando lograron un rojo brillante, puso más almagre con chía y talló de nuevo. Horas de pulir hasta obtener trastos resistentes y coloridos que dejó secar por días. Cuencos de diferentes tamaños, jícaras que en días de fiesta estuvieron repletas de tamales humeantes… Los miró satisfecha del brillo, acarició los bules con los que hizo jarros, tocó apenas las pequeñas cestas y todo lo que pensaba abandonar. ¿Abandonar esas ollas que le costaron tanto trabajo hacer? Cuánto pesaba la mezcla de barro con agua que amasó repetidamente hasta formar una masa. Sus palmas se volvieron expertas en detectar piedrecillas que quitó hasta dejar una pasta sin grumos. Luego, tomando pedazos, aplastó con ambas manos una tortilla de barro para extenderla y unirla a otras hasta formar la estructura hueca de las ollas. Vasijas burdas y enormes que horneó con cuidado. Nadie le quitó la satisfacción de estrenarlas al preparar caldo de venado o *nawá* ceremonial. ¿Todo este trabajo iba a regalárselo a Urima? ¿Y si mejor las rompía para que la rival tuviera necesidad de hacer las suyas? No, ¿qué ganaría con eso?

Costó mucho trabajo levantar el rancho, pensó. Cuando estuvo listo ocuparon a Jaimana Tineika para que en su papel de *maraakame* volviera sagrado el *takuá*. El viejo cantador hizo un pozo pequeño a la mitad del patio, lo brocaleó con piedras, trajo pedacitos de carbón de su casa y ahí encendió fuego. «Tatewarí, abuelito, aquí vas a vivir ahora. Mi hijo y mi nuera te van a tratar bien y estarán al pendiente de que nada te falte. Quédate a gusto y no llores, no extrañes la casa que dejaste». Jaimana Tineika también trasladó la *rukuri tanaité tempté billa*, la jícara donde estaban todos, que pertenecía al joven matrimonio y la colocó en el nuevo adoratorio sin olvidarse de ir regando puñados de tierra traídos de la casa recién dejada para que ni personas ni animales desconocieran el nuevo lugar. Concluida tanta ceremonia, Tukari Temai se irguió como jefe de familia. Era dueño de un rancho, contaba ya con capacidad para decidir cuándo hacer una fiesta. Poco a poco, los *karretune* que rodeaban al *takuá* aumentaron debido al matrimonio de los hijos y el conjunto se volvió una ranchería.

Turirí no dejaba de pensar en los años que pasó ayudando al marido a hacer espacios en la montaña para sembrar a la llegada de las lluvias. Jornadas completas en que encajó la vara cavadora en los pedazos de tierra que dejaban libres los peñascos y les formó pequeños surcos con las manos para que las tormentas no se llevaran el cultivo ladera abajo. Cuántos años llevaba participando en la ceremonia de la siembra…. En su imaginación vio el agujero grande a media milpa, escuchó la música del violín y la guitarra y la voz de Tukari Temai convenciendo al maíz para que se quedara en el sembradío: «Aquí, en este agujero, te vamos a dejar. No tengas miedo, no llores. Mira, el venado te mandó trozos de su carne, aquí te los dejo junto con chocolates, galletas, tamales y tortillas tostadas. Esto es para que no estés triste, para que no creas que te dejamos solo. Aquí vas a crecer. Vendremos a verte cuando tengas tus primeras hojas. Te arrimaremos tierra, te quitaremos las malas yerbas. Cuando des los primeros jilotes aquí nos verás y luego, cuando ya seas mazorca, vas a regresar a nuestras casas».

Años de hacer *coamiles* en la montaña y de ver cómo la calabaza se abombaba y el frijol se aferraba a los maizales.

Entró al cuarto principal y levantó la vista: de la viga principal del techo colgaba la cuna hecha con cordones y la madera fuerte y flexible del *musikiesíka* que ahora ocupaban los nietos. Nueve veces Turirí meció esa cuna para acallar el llanto de un recién nacido… nueve veces su cuerpo se abrió para regalar vida. Recordó el tiempo que se pasó esperando a que el esposo olvidara por semanas promesas y ofrendas y se acercara a ella más seguido. Siempre estaba invocando a los abuelos. *Dormiré en el* rírikí: *hice ayuno de sal y mujer*, decía él y ella movía la cabeza aceptando resignadamente sus compromisos.

Sentada en el suelo, se puso a recordar que invariablemente, de noviembre a enero, él se iba a la cacería del *híkuri* y regresaba tan sagrado que tenía que vivir en el *tukipa* de la comunidad mientras ella se quedaba sin marido de noviembre a marzo. Todo ese tiempo le llevaba de comer procurando no mirarlo de frente. Volvía a ser su hombre hasta que en la fiesta del maíz tostado bailaban la danza de los esposos. Ella esperaba secretamente esta festividad. El marido se iba a bañar al río, vestía con sus mejores ropas y se pintaba el rostro con el trazo amarillo del *uzra*. Violines y guitarras marcaban un ritmo lento. Con qué gusto se dejaba llevar por la danza que le permitía sentirse nuevamente mujer y dormir junto a su marido.

¿Cómo iba a dejar todas sus cosas a una *neaturriri*? Seguramente Urima las tomaría. Eran de ella, Tukari Temai tejió para ella los canastos. Mientras acomodaba sus pertenencias sobre el lomo del burro, agradeció que Jaimana Tineika la hubiera escogido para ser la mujer de Tukari Temai. No imaginaba su vida con otro hombre: creía que su destino era ser la esposa de ese *maraakame*. Su amor por él era simple y apacible, pero tan fuerte que se parecía a las guías con que el camichín se aferra a los árboles.

Suspiró. Cuando los hombres se iban a Wirikuta, ella desataba mentalmente los nudos que representaban días en la cuerda *vikurra*, al igual que los desataba el anciano *tekuamana* encargado de cuidar a las mujeres de los peregrinos. Cada atardecer las reunía para soltar un nudo y decirles en qué lugar iban sus maridos y qué riesgos enfrentaban. Las palabras del *tekuamana* siempre le infundieron temor: «Mientras sus hombres estén con los huaraches en el camino, no caminen recio ni corran para que ellos no se tropiecen ni caigan en un desfiladero. No tengan malos pensamientos, eso da motivo a los malos espíritus para perjudicarlos. Ir a Wirikuta es de mucho peligro porque a veces se muere alguno o todos. Es triste ver que los nudos de la cuerda *vikurra* se acaban sin que ellos regresen», decía el cuidador de la cuerda mientras desataba un nudo, y a ella le latía fuerte el corazón sólo de pensar en que Tukari Temai no volviera.

Observó una de las *takuatzi Kauyumari* donde el esposo guardaba las plumas y las cornamentas de venado que le daban poder. Esa canasta se la heredó Jaimana Tineika y él iba a dejársela a alguno de los dos hijos que se estaban preparando para ser *maraakame*. Quizá le heredara una de las cornamentas a Aguayuabi, el hijo más pequeño, que no se cansaba de repetir que de grande él también sería *maraakame*.

Mientras escogía sus pertenencias, pensó en su buena suerte al ser elegida para mujer de Tukari Temai. No lo quería, pero comió junto con él los pedazos de tortilla que los unían en matrimonio por no ver llorar más a su madre. La noche de bodas y las siguientes estaba decidida a defenderse a como diera lugar. Cuando regresaron a la casa de Jaimana Tineika, ella creyó que intentaría algo cuando los dos iban al monte por leña y hasta disfrutó pensando en cómo se defendería, pero corrió un mes sin que el joven la acosara. Ella, preocupada, se esmeró en el arreglo personal, se peinaba muchas veces con escobetilla de fibras, acortó más la *kamirra* para que dejara ver sin mucho esfuerzo su ombligo redondo y su abdomen plano, se quitó faldas que traía encimadas dejándose sólo una. De noche, él se recostaba al final de los cueros que les servían de petate mientras el corazón de ella latía con fuerza manteniéndola despierta. ¿Tukari Temai estaría pensando en ella? ¿Tendría calor, la ansiedad o el entumecimiento que ella sentía en su *rapí* y en medio de las piernas? La indiferencia de él llegó a dolerle. Cuando lo acompañaba al monte le nacía un nerviosismo inexplicable mientras juntaba leños. La mirada de él le llenaba la cara de rubores y las manos de torpeza. Iba regando la leña mal atada por el camino mientras él, atrás, la recogía divertido. Tukari Temai la miraba de una manera tan fija que la hacía derramar el atole de la jícara y las madrastras reían del aturdimiento. Tanta fue la ansiedad que, las manos sin obedecerla más, se le escaparon para acariciarlo. Sus labios buscaron humedades y su cuerpo, a fuerza de abrazos, se fundió en el de él.

Todo esto recordó Turirí mientras se despedía de sus pertenencias. Creyó ver a Tukari Témai ahí, frente a sus ojos enrojecidos, jugando con alguno de los hijos. Imaginó que Urima no existía, que había sido un mal sueño: una tonta perra amarilla que no pudo arrebatarle el comal. No, ella no podía irse dejando regadas tantas nostalgias. Toda la casa estaba hecha con pedazos de su vida.

—Estoy dibujada en la jícara de Tukari Temai y por eso no puedo dejarlo. La jícara me tiene agarrada, si me voy, me va a llamar, no me va a dejar contenta en ningún lado —dijo para sí misma y se metió a su *karretune*.

Con ojos irritados de tanto llorar entendió que debía hacerle frente a Urima. Era cuestión de tenerla ocupada, de hacerla trabajar y desquitar la comida, de no darle tiempo a que enloqueciera más al marido. También debía portarse firme con él, hacer que regresara a sus obligaciones, encaminarlo a sus responsabilidades. Sí, cuando Urima y Tukari Temai regresaran de la fiesta iban a verla animosa, fortalecida.

Entonces le diría sonriente a la rival:

—Mientras se fueron estuve pensando que sí es bueno tener ayudanta, conque, muchacha, acércate a la lumbre porque tienes que echar muchas tortillas.

CACERÍA DEL *HÍKURI*

Es de noche cuando Tukari Temai ve al fantasma de su padre: el *maraakame* Jaimana Tineika viene por la calle y más que caminar, danza sacudiendo sus *muvieris* de pluma de águila. Se detiene frente a él e inicia un canto en que mezcla los silbidos de la serpiente con los rugidos del león. Lo señala con sus *muvieris* y estos empiezan a arder: entre las llamas se forma el rostro del abuelo Fuego, quien lo mira severo, abre la gran boca de lumbre y lo maldice en un idioma hecho con viento, chirridos y flamazos.

Tukari Temai se estremece, está resguardado en el alero de un tendajón donde hay más hombres dormidos, hombres que como él viven en las calles y se conforman con lo poco que ganan por cargar bultos. Su padre desaparece, pero él tiene la sensación de que es vigilado. Mira el entorno, junto a la amarillenta luz de la lámpara de aceite que ilumina la calle ve tres sombras. Sabe que son el león Mayé, el venado Kauyumari y Rainú, la víbora de cascabel. Ellos fueron sus maestros, lo ungieron como *maraakame* y le dieron poderes que malbarató. Siente vergüenza de mostrarse como el guiñapo en que se ha convertido. Está seguro de que van a matarlo y se les postra mientras un escalofrío lo recorre de cuerpo entero. Le reclaman. Ellos lo formaron como *maraakame* bueno y él, burlándose de sus conocimientos, se ha vuelto hechicero y también asesino. No escucha sus voces sino que las siente percutir en sus huesos. Pide una muerte que los maestros le niegan; antes, debe pagar con grandes trabajos sus faltas, afligir cuerpo y alma hasta sentirse purificado. Ellos lo verán después para decirle qué castigo le imponen. Las sombras se diluyen. En la calle sólo queda un hombre arrepentido que no sabe si soñó o si vio a sus guías, pero que está dispuesto a obedecerlos.

Amanece. Junto al panteón de Tepic se han detenido varias carretas jaladas por bueyes. Dos hombres rubios están juntando gente que quiera irse a trabajar a las salineras del puerto de San Blas. Ya hay en ellas algunos gañanes, mestizos miserables e indios casi desnudos. Sin pensarlo, Tukari Temai intenta subir a una carreta. Lo detienen, le preguntan su nombre para anotarlo en una vieja libreta.

—Soy Manuel Mezquites —dice de prisa, bajando la cabeza que cubre con un sombrero roto. Lo miran, es un poco viejo para el trabajo, pero se ve fuerte todavía; lo aceptan porque no hay muchos que se quieran alquilar en las salineras.

Marcha lenta hacia la costa. El calor agobia, es octubre, está terminando la época de lluvias y es tiempo de hacer piletas en que se recoja la sal que el mar ha soltado en sus orillas. Tukari Temai se aferra a sus recuerdos y se pierde en ellos de la misma manera que los bueyes se pierden en caminos lodosos.

Estaba por cumplir los once años de edad cuando hizo por primera vez el viaje a Wirikuta, Era un noviembre frío. Desde dos meses atrás los peregrinos se reunían en el *ríriki* de su padre para fabricar ofrendas y escuchar historias sagradas. Esa vez, Jaimana Tineika dirigiría al grupo asumiendo la personalidad de Tatewarí Maraakame, el abuelo Fuego, el que guió a los dioses a su primera peregrinación. Consciente de su responsabilidad, se empeñaba en instruirlos:

—Todo estaba *reteoscuro* cuando empezó el mundo porque no había sol. Los animales chocaban unos con otros, se tentaban para saber quién era quién y ya dándose cuenta, los grandes se comían a los chicos. La sagrada Persona Venado dijo que buscaran a un niño lleno de llagas, que ése tenía que aventarse a la lumbre para volverse sol. El mentado escuincle andaba jugando y ni caso les hizo. En eso, iba una viejita caminando y muriéndose de sueño por los caminos, que a cada rato se caía de tan dormida que iba. «Abuela, ve a tu casa, está oscuro y puedes caerte en la lumbre que prendimos», le dijeron, pero ella no hizo caso y se cayó a la lumbre. Cuando se acabó de chamuscar, algo blanquísimo como sus cabellos brotó de las cenizas y sacudió el cielo: era un pedacito de luz, una uñita brillosa. Con cada sacudida la uñita crecía más y a la quinta era una bola blanca y redonda. Era la abuela Metzerí que quería llenar todo con su luz. «¡Miren! ¡La viejita se volvió luna y está brillando!» decían los animales. «¡Aluza muy poco... necesitamos un sol para que brille más...!» A tanta rogadera, el niño de las llagas dejó de jugar y se aventó a la lumbre, pero no pudo subir y se fue para dentro del suelo. Tuvieron que matar un venado para que su sangre le ayudara a subir, pero ni así llegó hasta arriba. Se pusieron a pensar que el sol no subía porque no tenía nombre y buscaron ponerle uno de su gusto. Nadie le atinó. Vino un guajolote que abrió mucho el pico, esponjó las plumas y gritó: *¡Tau, tau, tayau! ¡Tau, tau, tayau!*, y el sol empezó a subir y a subir y los pericos y los guacamayos armaron su escandalera para ayudarlo también y que quedara a la mitad del cielo. Por eso el sol se llama Tau, Tayau y Tayaupá, por eso, al amanecer, todos los pájaros se acuerdan de que tienen que hacer escándalo para ayudarlo a subir por la escalera del cielo.

Noche a noche, Jaimana Tineika narró las historias sagradas y los demás lo escuchaban sin dejar de elaborar las ofrendas que llevarían a las tierras del divino luminoso. Sentado junto al abuelo Fuego, Tukari Temai escuchó las narraciones que dejaron en su conciencia imágenes y palabras sagradas. Aprendió a derramar el llanto ritual ante estos relatos. El padre lo miró satisfecho:

—Ya sabes llorar, mi hijo, ya sabes lavarte los ojos. Tus lágrimas son prueba de que se te está formando el corazón wirrárika

—Padre, ¿en Wirikuta voy a conocer lo que será mi vida?

—A eso vamos a ir. Cada uno quiere saber eso.

—Ya mero nos vamos, muchachillo. No vayas a agarrar mujer ni a probar sal. Aguántate las ganas hasta que *regrésemos*, hasta la fiesta del maíz tostado que será como en marzo —le dijo un viejo malicioso y todos soltaron la carcajada ante la cara de asombro con que él escuchó la recomendación.

Los últimos días fueron de gran actividad. Hombres y mujeres prepararon alimentos y ofrendas. Tortillas duras, semillas de calabaza y pinole llenaban los morrales de los peregrinos, mientras que dulces, tortillas niñas, galletas, chocolates, tamales, tejuino *nawá*, jícaras, flechas, *tzikuris*, velas y sangre, formaban la ofrenda a los dioses y se guardaban en canastos aparte.

—Arreglen sus sombreros, pónganles muchas plumas de guajolote para que Tayaupá vea que no olvidamos al animalito que le puso nombre.

—Prevengan el listón, hay que adornar las velas que dejaremos en el camino.

Antes de salir se dieron un baño ceremonial. Tallaron con amole sus cuerpos hasta producir espuma. Hombres y mujeres desnudos a la mitad del arroyo y del amanecer se tallaron y enjuagaron muchas veces. Completamente limpios, vestidos con ropas de bellos bordados, ataviados con lujo, se formaron para ir al encuentro con sus divinidades.

—Con esta peregrinación revivimos la historia de abuelos y bisabuelos, haremos las cosas que ellos hicieron y nos pararemos en los mismos lugares en que ellos se pararon. Yo, que represento a *Tatewarí maraakame*, iré adelante, luego el cantador *Tatari*, después *Tatoutzi Tatewarí* que se encargará de decir mis órdenes, más atrás el *Tatewarí* ayudante y los encargados de las jícaras y flechas, y hasta atrás los que menos veces hayan ido. Hijo, tú que vas por primera vez, lo mismo que estas señoras, eres *matewame*, así que acomódense los tres hasta el último —dispuso Jaimana Tineika.

La despedida puso lágrimas en los ojos de los que se quedaron.

—Tekuamana, si es que regresamos, estaremos aquí en cuarenta días. Tú sabes que tardaremos diecisiete en llegar a Wirikuta y otros veintitrés en el regreso. Cuida nuestras mujeres y encárgate de esta cuerda *vikurra* que tiene cuarenta nudos: desata uno cada día para saber dónde vamos y dónde nos quedaremos a dormir. Cuando los nudos se terminen estaremos de regreso. Tekuamana, cuida desde aquí a los que ponemos los pies en el camino —le pidió Jaimana Tineika al hombre más viejo, entregándole la cuerda *vikurra*. Luego tomó un carbón de la fogata y lo guardó en un pequeño bule que colgaba de su cuello, el espíritu del fuego debía acompañarlos.

Partieron en hilera y en silencio, conscientes de que ninguno podía voltear ni atravesarse en el camino del otro. De tarde, con el pequeño carbón avivaban una lumbrada. Los troncos ardían recargados en el leño que servía de almohada al fuego y sus llamas se elevaban marcando las horas de descanso de los peregrinos que dormían alrededor de él.

—Abuelo Tatewarí, no tengas hambre ni sed, no te canses como nosotros, te rogamos que comas el pinole, las tortillas niñas y los tamales que te trajimos. Aquí está tu silla y tu agua —decía Jaimana Tineika al tiempo que colocaba una pequeña silla y un bulito junto a la lumbre.

Pesaban los chiquihuites en que iba la ofrenda, el sol hería con sus rayos la piel curtida, el miedo se enseñoreaba en las mentes ante los peligros que escondían las veredas, pero nada parecía importar a los caminantes que iban en busca de su destino.

—En este cerro vive el Jaituakame, un espíritu malo que le robó sus *muvieris* a los primeros bisabuelos que iban a Wirikuta. Ellos se volvieron locos sin sus plumas y se convirtieron en *kakauyari*, esas piedras de ahí, mírenlos. Hay que dejarle al Jaituakame jícaras y flechas para que no nos cause males.

La tarde del quinto día de viaje fue de confesiones. Jaimana Tineika, en su papel de *Tatewarí maraakame* encendió el fuego, desplegó su *itari* de tela, colocó sobre ella los cuernos de Kauyumari y los *muvieris* de plumas de águila. Cada vez estaban más cerca las puertas de Ririkitá, que sólo debían transponerse con la conciencia limpia. Por eso los peregrinos se sentaron alrededor del fuego. Era hora de hablar de lascivias, ansiedades e incontinencias; de confesar miradas que siguieron el ritmo de una enagua; admitir pensamientos y actos impúdicos provocados por cualquier mujer que no fuera la propia. Jaimana Tineika tomó un lazo y les pidió que dijeran en voz alta a cuántas mujeres u hombres habían disfrutado en su vida. Uno por uno, respetando un orden jerárquico, desde el *tatari* hasta los tres *matewame,* pasaron ante él. Sus manos hacían un nudo en el lazo por cada pecado o deseo de pecar. Confesiones tras las que no se permitía el resentimiento. Tukari Temai no se libró de pasar al frente. Todos rieron cuando su padre le pidió que confesara a cuántas niñas había disfrutado, y él bajó la cabeza y dijo que todavía a ninguna.

—Aquí agarro esta soga llena de nudos y la paso por atrás de ustedes, para que se acuerden que formamos un solo corazón y que la gran madre Tatei Niwetukame detiene nuestros ombligos. En este mecate amarré nuestras culpas. Abuelito Tatewarí, cómetelas con tu boca de lumbre —pidió el *maraakame* mientras soltaba la cuerda sobre el fuego. Luego, para que los dioses los guiaran bien, limpió con sus *muvieris* de pluma el huarache derecho de cada uno.

—Hijo, tú y las dos señoras son *matewame,* los que no saben y ocupan saber, y eso los vuelve delicados; están débiles porque no conocen la tierra luminosa. Les hace daño andar en sitios tan sagrados, pueden quedarse ciegos al mirar lugares de tanta luz, por eso les voy a tapar los ojos. Tukari Temai era *matewame* y caminó por horas con los ojos vendados. Se estremeció cuando el padre dijo que estaban frente a las puertas de nubes que atrapaban las colitas de los niños pájaro. Ninguno de los tres debía quitarse la venda e iban dando traspiés entre el peligro.

—¡Esta es Tatei Matinieri! ¡Aquí empieza Ririkitá, el altar que llega hasta Wirikuta! ¡Esta es la casa de las madres agua!

¡Aquí viven, aquí se juntan las nubes y salen para desbaratarse sobre nuestros sembradíos!

Los manantiales que antes había visitado en forma de colibrí, quedaron ante sus ojos deslumbrados cuando el padre le arrancó la venda:

—*Matewames*, están en la casa de nuestras madres: miren sus flores, sus piedras coloreadas y sus jícaras.

Tukari Temai miró: Tatei Matinieri no poseía la hermosura que él imaginaba, ni sus aguas eran tan cristalinas como para dejar ver un fondo salpicado de piedras preciosas. Sin embargo, el pantanoso lugar no perdía su dimensión sagrada y él bajó la frente en señal de respeto cuando el cantador le asperjó la cabeza.

—Madres agua, este muchacho viene por primera vez para que ustedes lo conozcan. Llevamos días de andar, corrimos venado para traerles su sangre y su carne seca. Recíbanla junto con mazorcas, jícaras, flechas, galletas y chocolate. Con estos regalos les encomendamos a nuestros hijos —dijo Jaimana Tineika dejando que la ofrenda se hundiera en los manantiales.

Después de pasar Real de Catorce, iniciaron la ascensión hacia las llanuras de Wirikuta. Fueron primero a cerro Quemado, el sitio donde brotó el sol. Camino pedregoso lleno de lajas color rojo óxido que contrastaban con vetas de cal y matorrales cargados de espinas. Arriba, el agujero grande, la negra cavidad coronada por flores amarrillas, hablaba de incendios y explosiones cósmicas. Allí nació el sol. Un viento helado se metía entre las aberturas de la *kutuni*. Soltaron la ofrenda de flechas, velas, sangre de venado, tejuino y flores, para que rodara hasta el fondo del orificio.

—Ya que mis hermanos vieron el lugar donde nació el sol, ahora debo llevarlos al sagrado patio de los abuelos kakayarirri.

Wirikuta. Noche fría en que el viento del desierto laceró los cuerpos untados de cansancio. En vano el abuelo Fuego se levantó queriendo arropar a sus protegidos; la madrugada llena de hielo y el terreno árido hicieron que los peregrinos se enredaran en cobijas que no calentaban. Tukari Temai estaba despierto, observando a su padre que, en vez de dormir, velaba el sueño de todos. Lo había visto comer apenas un trozo de tortilla, tomar un trago de agua, y sin embargo se mantenía erguido, atento, protegiendo al grupo de los malos espíritus. Lo admiraba. Era el ejemplo que seguiría si al probar el peyote, los sagrados le decían que sí, que estaba escogido para *maraakame*.

Wirikuta: llanuras abiertas al nuevo día. Agaves, mezquites, cactus que se iluminaron al recibir el sol. *Tatewarí maraakame* templó la cuerda de su arco y la recorrió con una flecha. El improvisado instrumento musical vibró mientras él conducía a los cazadores que iban tras las huellas de un venado-maíz-peyote oculto entre arbustos espinosos y zacatales resecos. El guía derramó sus notas tratando de alegrar a Tamatz Mazrra Kuarrí, el bisabuelo Cola de Venado, el venado-maíz-peyote que ya sabía que venían a cazarlo y estaba triste. Los ojos de todos permanecían atentos: Tamatz Mazrra Kuarrí sabía esconderse en cualquier parte. Jaimana Tineika sacó del bule *yekuai* el tabaco sagrado, humedeció unas hojas de maíz y lo colocó a puñitos, las amarró para formar pequeños bultos y entregó uno a cada cazador. Ellos lo detuvieron con los dientes: el tabaco sagrado los guiaría hasta el peyote oculto entre biznagas y cactus.

Luego se oyeron gritos de júbilo al descubrirlo. *Tatewarí maraakame* apuntó cuidadosamente y una de sus flechas se enterró a la izquierda y después, otra a la derecha hasta que el peyote *híkuri* fue cercado por cuatro saetas. No tenía posibilidad de escapar; el cantador platicó con el bisabuelo Cola de Venado que no quería morir y estaba llorando.

—Tamatz Mazrra Kuarrí, necesitamos matarte. Desde siempre, para que los wirraritari vivan, un venado tiene que morir. Me duele oírte llorar, por eso no voy a lastimarte: mi flecha te partirá el corazón y será una sola —prometió el cantador con ojos cuajados de lágrimas. Los demás lo secundaron en el llanto ritual—. Te trajimos estas velas, carne seca, *tzíkuris*, tu bule con agua sagrada, tu tejuino *nawá*... todo es tuyo.

Las lágrimas seguían brotando y crecieron cuando la certera flecha del cantador penetró a la mitad del cacto: el bisabuelo Cola de Venado había muerto y el *Tatewarí maraakame* le pedía perdón; le hacía ver que necesitaban probar su carne para que Wirikuta se volviera luminoso. Las hábiles manos de Jaimana Tineika partieron en gajos el pequeño peyote. Lo fue dejando en las bocas respetuosamente abiertas. Todos masticaron con los ojos cerrados, sintiendo en la lengua el gusto a arena amarga del divino luminoso.

—De aquí a que anochezca hay que buscar más *híkuri*. Revisen entre las matas espinosas. Vamos a encontrar mucho porque estamos limpios y ya nuestro bisabuelo Tamatz Mazrra Kuarrí nos regaló su cuerpo.

Cayó la tarde, los canastos casi estaban llenos y multitud de peyotes se apilaban al centro del círculo formado por los peregrinos. Los cazadores se dispusieron a afrontar el destino que les revelaría el cacto. Jaimana Tineika consideró que había llegado un momento muy importante para su hijo.

—Toma, come *híkuri* para que mires tu vida —le dijo.

Las miradas se centraron en el rostro de Tukari Temai: no todos los huicholes podían comer peyote, su sabor amargo causaba a veces malestares o vómito. Si el niño hacía gestos o vomitaba, sería señal de que Tatutzima desconfiaban de él. Tukari Temai mordió el peyote ofrecido, entrecerró los ojos y remolió, al tiempo que una gran sonrisa le estiraba los labios. Tomó dos, tres, cinco; muchos peyotes más. En Wirikuta iba a mirar su vida, lo esperaban las deidades para hablarle de su mundo. El jugo de la planta le entumió las encías, la pulpa giró al machacarse contra los molares, amargo y arenoso se mezclaron en el paladar. Soportó la sensación de vómito. Una tremenda euforia le llenó el corazón. Sentía el rostro encendido, las pupilas se le dilataron y empezó a hablar incoherencias. Borracho, entumido, se tiró al suelo para mirar cómo fluían sus ideas. Su cuerpo se estremeció con rápidas contracciones, sentía la lengua hinchada pero estaba atento al paso de alucinaciones caleidoscópicas. El mundo se estaba llenando de colores brillantes, había luces por todas partes, parecía que el sol había explotado.

Llovían luces en Wirikuta, gotas multicolores caían una tras otra hasta formar un aguacero luminoso. Charcos de plata semilíquida que creaban círculos concéntricos, lluvia anaranjada y maravillosa que iba llenando de luminosidad los valles. Guardó silencio: los cerros estaban hablando… Su voz subterránea se dejó oír, los árboles se convirtieron en violines y guitarras moradas que dejaron escapar verdes notas festivas. Los matorrales se enderezaron, se peinaron el ramaje amarillento y se pusieron a bailar. Colores indescriptibles, sucesos nunca imaginados, voces y cantos; todo cambiaba y era mejor estarse quieto, mirando cómo las hojas de los arbustos se volvían guitarras y violines que dejaban escapar notas perfumadas. Los montes lanzaron su voz llena de ecos, las piedras los acompañaron con voces duras. El miedo le anunció una presencia sagrada y allá, hasta el final del horizonte, vio un enorme venado azul que lo llamaba.

—Soy el que conociste en Teakata, soy Tamatz Kauyumari, la sagrada Persona Venado, el que ayuda al que quiere ser *maraakame*. También soy Tatutzi Mazrra Kuarrí, el bisabuelo Cola de Venado que acaban de cazar. Yo te estoy pidiendo para cantador, dile a tu padre que te lleve de ayudante. Yo te digo que desde ahora vas a soñarme, caminaré contigo y tendrás que aprender a trabajar a mi lado, con mi poder, hasta que hagas surgir el tuyo. Toma una de mis pezuñas, ella te protegerá. Voy a regalarte tu primera canción, con ella podrás curar mal de venado: ninguna otra enfermedad mas que ésa. Llévala en tu corazón y a nadie se la digas mientras no seas un cantador completo. Tu canto debe resonar en tu alma y en tu cabeza, permite que todo lo que eres y todo lo que sientes se mueva con tu canción, que ella salga por tus manos convertida en poder, que ella cure cuerpos y espíritus, que ella te acompañe mientras vivas. Cinco veces tienes que venir aquí; cinco veces debes ir a Aramara, otras cinco a Teakata, cinco más a Rapibellemetá y otras cinco a Haurra Mana Ká. Sólo así te completarás como *maraakame*. Mientras te completas aprende las historias sagradas, cántalas, entiende el modo de hacer ofrenda, ayuna, conoce el nombre y la forma de las yerbas con que puedes curar, para qué sirven y cómo se usan. Cuando hayas logrado todo eso vendrás a buscarme por quinta vez —dijo el venado azul de perfumados cuernos, e inició un canto que repitió cinco veces. Tukari Temai intentó cantarlo. Luego, Tamatz Kauyumari dio media vuelta y se perdió entre cerros fosforescentes.

Tukari Temai abrió los ojos: todo giraba a su alrededor. Estaba recargado en una piedra, sintiendo frío a pesar de que el sol de un día nuevo caía recto sobre su cabeza.

—Aquí te estamos cuidando el sueño, mi hijo. ¿Qué viste? —preguntó Jaimana Tineika.

—¡*Ne yeu, ne yeu*, Tamatz Kauyumari me pidió para cantador!, quiere que yo sea tu ayudante y que regrese cuando me aprenda todo lo que debo saber. Me enseñó una canción para curar y…

—¡A nadie digas tu canto! —lo interrumpió el padre—. Repítelo cuando estés solo. Te volverás mi ayudante.

Wirikuta quedó atrás, desteñida, sin luces ni cantos. Las veredas eran más resecas en el retorno. Los huaraches de tres correas abrían grietas sobre las callosidades. Cargando un canasto con sobrantes de ofrenda, Tukari Temai iba atrás de la larga hilera. Con los ojos fijos en la línea del horizonte, memorizando su canto. Sintió que su vida había cambiado para siempre.

Kauyumari, Teakata, Turirí, sus costumbres, sus hijos… todo se está quedando atrás mientras él va a las salineras de la costa trepado en una carreta.

APRENDIZAJES

EL CALOR ATURDE, LOS RAYOS DEL SOL caen rabiosos sobre los cuerpos desprotegidos de los que se alquilaron para trabajar en las salineras de San Blas. La sed crece y no hay en los alquiladores la voluntad para apagarla. Alguno pasa su bule de agua a los demás, y regresa vacío, sin que la sed desaparezca por completo. Tukari Temai va en silencio, tratando de imaginar el castigo que le impondrán sus protectores y acordándose del empeño con que buscó el aprendizaje. ¿Cuándo, por qué perdió el camino?

Temporadas de levantarse antes de que saliera el sol, tomar con prisa una jícara de atole tibio, alguna tortilla untada con frijoles e irse en busca de plantas curativas. El verde conocimiento lo esperaba a medio cerro, en lo profundo de las cañadas o en la punta de los riscos. Hierbas malas o buenas de acuerdo a la intención de quien las usara, hierbas capaces de matar o curar. Las arrancó con cuidado, dejando a Tatei Yurianaka, la madre Tierra, un pequeño regalo a cambio; alas de mariposa, plumas de aves, piedras de colores quedaron en los huecos de donde él las extrajo. Aprendió a distinguirlas, las palpó para diferenciar texturas, las desbarató entre los dedos para conocer olores y sabores, repitió nombres, observó formas y colores. Las sembró, cosechó y almacenó.

Como ayudante, aprendió que el *maraakame* tiene el deber de curar no sólo el cuerpo, sino también el espíritu. A los trece años ya encendía el fuego, desplegaba el *itari* colocando sobre él las plumas sagradas o alguna cornamenta de venado mientras su padre se concentraba en memorizar las historias sagradas. A los catorce aprendió a hablar directamente con Tatewarí, el abuelo Fuego, a soñar los consejos que le daba para curar adecuadamente y Kauyumari se comunicaba con él de manera profunda, sus palabras se le volvían pensamientos e ideas.

Conoció y practicó escrupulosamente los pasos de una curación, desde barrer con las plumas sagradas el cuerpo enfermo, cercar los males, chuparlos y escupirlos en una mazorca, hasta sentir en su cuerpo el poder que las deidades le otorgaban para curar. A él le correspondía observar el escupitajo que su padre lanzaba a la mazorca, buscar entre aquella saliva espesa el grano oscuro, la piedra, el hilo, la espina; cualquier cosa que aclarara la causa de la enfermedad. Si encontraba un pedacito de carbón, era porque el daño lo había mandado Tayau, el padre Sol, provocando ardores quemantes o intenso calor en el estómago del enfermo. Debía desagraviarse a Tayau haciéndole flechas o *tzikuris*. Si encontraba arena, la ofendida era Aramara, la madre del mar. Si una espina, estaba frente al enojo de Tatei Uteanaka, la madre de los pescados. Fuera la deidad que fuera, debía ser contentada con ofrenda.

Luego supo que succionar era una tarea riesgosa, porque lo que extraía de los cuerpos enfermos podía entrar a su cuerpo para dañarlo. Fueron muchas las veces que Jaimana Tineika tuvo que curarlo. Con el tiempo aprendió a absorber el mal y escupirlo inmediatamente. Nunca se le ha olvidado la vez que su padre cantó la historia de Kieri Téwiyari.

—Así pasó, debemos saberlo: Kieri Téwiyari no nació de madre sino del viento, del viento maligno, brotó de él y ya lo estaban esperando cinco brujos sentados en círculo. De niño salían murciélagos de su boca, lobos, víboras venenosas, cosas oscuras salían de su boca. Ya de grande se vistió de *maraakame* bueno y engañó a la gente. Les cantó para que tuvieran confianza, luego les dio a comer árbol del viento, toloache les dio a comer. Con ese árbol, el Kieri Téwiyari emborracha, enloquece, enseña a hacer brujería. Enseña a los brujos a comer víboras, a mandar enfermedades y muerte. Se vale de víboras y murciélagos para paralizar y matar gente. El Kieri Téwiyari enseña a los brujos a llamar como venados: *tsiu, tsiu, tsiu,* a llamar como zorros: *cau u cau u cau u,* a llamar como tecolotes: *ju, ju, ju.* Los enfermos oyen y sienten miedo, tienen calenturas, empiezan a ver visiones, se desmayan y Kieri Téwiyari los convierte en animales que van de un lado a otro, locos, hasta que pierden el alma y mueren. El Kieri Téwiyari es el peor enemigo del *híkuri,* hay que tenerle miedo, hay que dejar de pronunciar su nombre.

Le temía al Kieri Téwiyari, pero sabía que como *maraakame* tendría que enfrentarlo tarde o temprano. Si lograba vencerlo, el árbol del viento le enseñaría a tocar violín.

—Hijo, ocupas ir con el Kieri Téwiyari a pedirle que te enseñe a tocar, con eso podrás cantar mejor en las fiestas de los bisabuelos. Vete al monte y busca un árbol de viento, al hallarlo, acuérdate que dentro de él se quedó el espíritu del Kieri Téwiyari y es peligroso. Corta cinco de sus flores olorosas y espera. Debes aguantar el miedo que te mantendrá con escalofríos toda la noche, lo hará para que pruebes sus hojas y si lo haces estarás perdido. Aguanta, muerde *híkuri* y trata de no espantarte con lo que mires. Sólo si no te asustas le ganas, sólo si no pruebas sus hojas saldrá a encontrarte. Cuando lo veas, pídele que te enseñe a tocar y cumple lo que te ordene, si desobedeces hará que tengas mala suerte —le advirtió Jaimana Tineika.

Necesitaba vencer sus miedos y se fue al monte de noche, aferrando su violín. Mordió uno de los gajos de *híkuri* que llevaba en los morralitos de su *keitzaruame.* Desde niño había oído decir que los árboles de viento se vuelven venados y desbarrancan a quienes los siguen. Esos árboles también podían gritar, o llorar como niños: el extraño llanto avanzaba con el

viento frío, llegaba a los oídos de alguien y ahí hacía nido, repitiéndose, repitiéndose hasta volver loco al que lo escuchaba.

«Hijo, ten cuidado de los zorros, esos son los animales
consentidos de los brujos. Cuando un *tragagente* se muere,
los zorros andan llorando en los caminos. Los árboles del
viento pueden volverse zorros porque llevan metida el alma
errante de Kieri Téwiyari y andan buscando a quien morder.
Si te muerde un zorro soñarás todas las noches que te persigue
un murciélago: verás extendidas sus alas peludas, su chillido
se irá tras de ti y estará a gusto hasta que te haya mordido el
corazón. Si eso pasa, te irás secando sin remedio».

Junto a una barranca encontró muchas plantas de toloache
y escogió una. Se paró frente a ella, le cortó cinco flores, las
puso a sus pies y esperó sin dejar de morder gajos de peyote.
Las horas pasaron lentamente. Tukari Temai ya era casado,
ya tenía dos hijos y sin embargo parecía un niño miedoso. Su
nariz captó el aroma de las cinco flores y ahí, junto al temido
árbol del viento empezó a notar que se volvía de humo y el
aire lo desbarataba y volvía a formarlo. Se obligó a pensar en
Rainú, Kauyumari y Mayé, la serpiente, el venado y el león.
Vio tres luces cruzar la noche, Tukari Temai sabía que eran
sus protectores, que debido a su poder cambiaban de forma,
se volvían sombras o animales o luces, pero él ya había aprendido a reconocerlos, estaban con él entre esa oscuridad. Pensó
en ellos hasta que sintió el cosquilleo de su poder. Escuchó un
ruido y creyó distinguir el sonido de huesos que se entrecho-
caban. ¡Debía ser Tukakame, el mal espíritu vagabundo! No
podía ser nadie más. El pánico lo mantuvo inmóvil, expectante;
las hojas del árbol se movieron, invitándolo a que las probara.

«De noche, en el monte hay malas apariciones; espíritus que
buscan perjudicar. Si de repente oyes un ruido de huesos que cho-
can, es que por ahí anda Tukakame. Es espantoso y grande,
huele a muerto, va dejando su peste en las veredas. Le gusta
embarrarse la sangre de los que mata; le gusta andar encuerado y colgarse del cuello y la cintura los huesos de los que

se come. Si encuentra a los que andan solos, allí mismo se los traga. Si oyes un ruido de huesos, si te llega su peste a muerto, no corras; muerde gajos de *híkuri* y muéstrale la fuerza que has agarrado. Yo creo que con eso Tukakame no te daña».

Tukari Temai sentía miedo, ganas de echarse a correr; los escalofríos se sucedían uno tras otro a lo largo de su columna vertebral. Apretó la mandíbula, los ojos y los puños, no debía dejarse dominar por el maligno árbol de los hechiceros, ni por el pánico que desde niño le inspiraba Tukakame. Debía superar esta prueba para ganar más poder como *maraakame*. La aparición se acercó, dio un gruñido y mostró sus afilados colmillos. Hizo un ademán de que mordía algo, de que tiraba de ese algo tratando de desprenderlo y Tukari Temai sintió un dolor terrible en el brazo, tuvo la sensación de que estaba herido, sangrante, desgarrado por mil colmillos. El árbol del viento acercó sus ramas, acercó unas hojas a su boca. No podía dejarse vencer, respiró hondamente, e invocando a sus protectores mordió gajos de híkuri. Tukakame se fue disolviendo en el aire hasta que —junto con la herida del brazo— desapareció.

«Hijo, cuando estés junto al árbol Kieri, no dejes que el miedo te haga oír cosas. Cierra los ojos y habla con Tatewarí o con Kauyumari, ellos te protegerán. Aguanta todo lo que puedas, yo sé que vas a regresar tocando tu violín».

Un hombre salió del árbol tocando un violín con mucho sentimiento. Era un hombre hecho de aire el que se paró frente a él, lo miró fijamente y Tukari Temai sintió que un remolino de viento giraba alrededor de su cabeza, mareándolo. Todo se movía a su alrededor. Cerró los ojos, trató de poner su atención en el que tocaba repitiendo las notas para que él se las aprendiera. Cuatro veces las escuchó y en la quinta pudo acompañarlo en la queja dulcísima que brotaba del instrumento.

—Soy Kieri Téwiyari, ya te enseñé a tocar violín. Para que yo no te embruje, cada que andes cerca debes traerme flechas y jícaras. Aquí las vas dejar, junto a las raíces. Ya me mostraste que no quieres que yo te de poder, que solo buscas los poderes del *híkuri*, por eso vas a tener prohibido tocarme. Nunca hagas daño con árbol del viento —le dijo con una voz llena de ecos y volvió a meterse al árbol.

Tardaba en amanecer. Todavía mareado y apretando su violín, Tukari Temai caminó lentamente hacia su casa.

El corazón le está latiendo aceleradamente: *Nunca hagas daño con árbol del viento*, dijo aquella vez el Kieri Téwiyari... ¿Por qué frente a Urima olvidó esa advertencia?

—Hijo, te toca aprender cómo curar con el árbol del viento. Me llamaron para curar a uno que trae roña y ésa sólo se quita usándolo. Hay que pedir a Tatutzima que nos den permiso de tocar una yerba tan peligrosa.

Jaimana Tineika y Tukari Temai se perdieron en meditaciones mientras la luz de una vela de sebo iluminaba apenas el jacal húmedo por la lluvia de toda la noche. Esperaron mucho tiempo. Ya con la autorización caminaron casi dos horas para llegar al sitio en que los solicitaban. Un muchacho colmado de sarna los estaba esperando. Jaimana Tineika saludó a los dioses de todas las regiones del mundo y les pidió que lo ayudaran a curar mientras Tukari Temai remolía sobre una piedra hojas y tallos de toloache hasta formar una pasta verdosa que el viejo *maraakame* untó en donde estaban los granos. El enfermo, que estaba tirado en un petate, se levantó de un salto y echó a correr gritando desesperado. No soportaba el ardor. Los familiares tuvieron que amarrarlo a un árbol sombroso para que el curandero y su ayudante terminaran de untar el remedio. Una, dos horas de quejas y gemidos, de tallarse contra la madera y llorar, hasta que su respiración tomó el ritmo habitual. Impresionaba su piel negra, quemada por el jugo del *kieri*. A los cinco días regresaron. La piel quemada se estaba

cayendo y en esas costras iban los parásitos que la enferma-
ban. Desprendieron con mucho cuidado esas cortezas oscuras
para dar paso a una piel color de rosa.

—Para el dolor de panza haz que se tome cinco yemas de
huevo crudas y en ayunas. Aparte hazle limpias con siete plumas de águila con las que primero saludes las cinco esquinas
del mundo. En octubre, la madre Maíz causa el mal de ojo
porque no quiere que coseches; limpia a la gente con plumas
de aguililla, invoca a Takakaima, lava los ojos enfermos con
agua sagrada y chupa los párpados hasta que saques los pedacitos de carbón que provocan lágrimas y comezón.

Esto y mucho más aprendió Tukari Temai de su padre
durante los años que fue su ayudante. Jaimana Tineika le enseño a hacer bien las ofrendas. Nunca va a olvidar que a Tatei
Yurianaka, la madre Tierra, le gustan las jícaras oscuras; a Tatei Aramara, la dueña del mar, deben llevársele cinco jicaritas
llenas con maíz de los cinco colores, así, ella sabrá que está
preparado el *coamil* para la siembra y mandará agua; a Eaka-
tewari, el padre del viento, deben ponérsele flechas adornadas
con culebras para que ninguna víbora haga nido en las milpas.

—Hijo, cuando quieras jalar para ti mucho poder, quéda-
tele viendo a una estrella y levanta los brazos con las palmas
mirando al cielo. No dejes de mirarla aunque te sientas borracho. Al rato vas a ver cómo baja su luz lo mismo que un
rayo, cómo entra a tu cabeza y camina en tu cuerpo. Sentirás
cómo su poder te llena, mirarás cómo su luz se escapa por tus
poros, por tus ojos, por cada uno de tus cabellos.

Aprendió también a deshacer las maldades que hacían los
hechiceros. Cuando hallaba flechas chiquitas metidas en otras
grandes, sabía que estaban embrujadas, que adentro tenían
cabellos de la persona o el animal que querían perjudicar. Él
desbarataba el hechizo quemándolas.

Está llegando a la costa, ya percibe en el aire el olor del mar. Una brisa fresca le da en el rostro, el camino le parece alegre pespunteado de cocoteros y platanares. Tatei Aramara está cerca… Si él pudiera acercarse a la roca blanca en que vive la madre y saludarla… Tal vez ella quiera darle alguna concha nacarada, un caracol o piedras de colores que guardaría celosamente. Se ríe de sus pretensiones: la diosa del mar ya no ha de recordarlo, como tampoco ninguna de las deidades a las que ofendió. Recuerda que hace muchos años, cuando todavía no se completaba como *maraakame*, Tatei Aramara, la madre del mar, lo vio llegar de tarde y entibió sus arenas para recibirlo.

Él se sentó en la playa, muy cerca de los muelles del puerto de San Blas, para mirar el horizonte que se perdía en un azul infinito y rumoroso. Las olas iban y venían lamiéndole los pies hinchados por el cansancio. Tatei Aramara, la madre de brazos espumosos, estaba ahí y él miraba a la distancia la gran roca en que ella tenía en su morada. Roca enorme y blanca, adentrada en el agua, sobre la que se posaban multitud de pelícanos. Pedrusco sagrado que ostentaba en tramos los colores de los cinco mares que rodeaban al mundo, era Aramara con sus cinco vestidos: Aramara mutazaiye, dueña de las aguas amarillentas y tibias, que toman su color de las arenas doradas; Aramara muyuavi, la del agua color azul claro que habla de mares apacibles; Aramara mumeriayune, la de aguas negruzcas del color de las tormentas cuando el mar ruge embravecido; Aramara mutuza, la vestida con las aguas blancas, tan parecidas a la espuma y Aramara shure, la de las aguas rojizas. Aramara en todas sus formas y colores estaba frente a él y lo sagrado del momento lo obligó a cerrar los ojos y pensar en lo que había escuchado desde pequeño. «Abuelos y bisabuelos salieron del mar y caminaron rumbo al Oriente hasta encontrarse con los picos de la sierra y se quedaron a vivir con nosotros. Sólo Tatei Aramara quiso quedarse a mitad del agua. Desde allí nos ayuda mandando nubes: desde allí cuida que nuestra siembra brote de las entrañas de Tatei Yurianaka, la madre Tierra».

En esa tarde moribunda sintió muy cerca a la madre del mar. Un estremecimiento cruzó su cuerpo e imploró que le diera sabiduría. Pensó en ella mucho tiempo. La imaginó como a una hermosa mujer, vestida de blanco, que mira con nostalgia la playa desierta mientras el aire marino le agita los largos cabellos. Estaba seguro que ella lo observaba desde la guarida que se distinguía a pesar de que la noche oscurecía el mar. Continuó con la vista fija, esperando que se le cumpliera lo que había pedido.

Las estrellas se enjuagaron el rostro en el agua tibia hasta dejárselo brillante y fueron a acomodarse en la curvatura infinita del cielo. Tatei Aramara continuó mirándolo desde atrás de la piedra. Cuántas cosas tenía él que decirle a la protectora que borda lluvias en las tardes de verano; a la que se entretiene tejiendo espumas que, de tan altas, se levantan buscando el cielo y vuelan convertidas en nubes hacia la sierra. Hombre y madre estaban juntos gracias al peyote que él masticaba. Las olas inventaron voces que se arrastraban desplazando arenas. Él cerró los ojos para agradecerle que siguiera a la mitad del paisaje líquido, y les mandara sus ímpetus de lluvia. Aguas que se dejaban caer repentinas, certeras y pródigas sobre sembradíos raquíticos. Los besos de Aramara eran frescos, sabían a sal y escurrían por su cuerpo joven. Con esos mismos besos, la madre Agua solía lamer las heridas de la madre Tierra y de ese amor brotaba el color tierno de los tallos nuevos. Ensimismado, siguió masticando peyote hasta que una figura brotó del mar. Era Rainú, la serpiente de cascabel que se les aparecía a los que aspiraban a ser cantadores para probar su vocación. Se acercó con lentitud, marcando en las arenas su huella zigzagueante.

—Deja que camine por tu cuerpo para que puedas agarrar las víboras sin que te piquen —le dijo y empezó a enrollar lentamente el cuerpo escamoso y frío por la pierna de Tukari Temai, le circundó el muslo, trepó por la cintura, siempre rodeándolo, deslizándose por el pecho y la espalda hasta llegar al cuello para quedársele enredada ahí un largo tiempo. Luego le tocó la nuca, avanzó por la barbilla y se le quedó mirando fijamente a los ojos. Ahí estuvo hasta que, convencida, empezó descender y se desprendió de su crótalo.

—Eres apenas un muchacho y ya quieres ser *maraakame*. He visto todo lo que haces por lograrlo y te daré mi protección. Levanta mi cascabel y guárdalo en tu *takuatzi*, tiene el mismo poder que la pezuña de venado y la garra de león. Los tres te escogimos para cantador y los tres vamos a guiarte. Sigue conociendo hierbas, aprende a soñar mirando a Tatewarí, el abuelo Fuego, memoriza las canciones que la Persona Venado te está enseñando, no te distraigas, no escuches a las muchachas que te busquen, olvídalas un año más y luego haz un último viaje a Wirikuta para que te completes —aconsejó Rainú antes de irse hacia las olas y desaparecer en ellas.

Tukari Temai no esperaba encontrarla allí, la víbora de cascabel, como acompañante del padre Sol, no tenía que ver con las madres del agua, pero él no estaba para juzgar a sus protectores y se guardó los razonamientos. Siguió masticando gajos de peyote hasta que las luces del cielo bajaron para crear sobre las aguas un huerto luminoso. Esperó a que amaneciera para despedirse de Tatei Aramara. Ya había ido cinco veces a todos los lugares sagrados, regresaría a la sierra, se acercaba el tiempo de ir a Wirikuta, y sentía impaciencia por completarse como *maraakame*.

Llevaba un ayuno de seis meses sin sal ni mujer cuando se despidió de sus hermanos y madrastras para realizar la peregrinación a Wirikuta. Su padre, como *Tatewarí maraakame* iba adelante marcando el paso a los que avanzaban en una sola fila. Tukari Temai ya no marchaba atrás como cuando era *matewame*, ahora iba como cantador *Tatari*, en segundo lugar, y tenía aspiraciones de dirigir al grupo.

El calor y el bamboleo de la carreta han rendido a los que van a la salinera. La mayoría duermen sentados, recargándose unos

en otros. El sol les ha enrojecido la piel oscura. Tukari Temai
deja de pensar en Tatei Aramara, y reflexiona en la multitud de
abandonos y ayunos que soportaron Turirí y sus hijos, por
su afán de ser el mejor *maraakame*. ¿Cómo estarán ellos?
Seis ya son casados, pero dos todavía necesitan de Turirí. El
recuerdo de ella le pesa, la imagina triste, llorando la muerte
de Aguayuabi, desesperándose por no saber si él está muerto.
Siente que no merece ni a su mujer ni a sus hijos, le duelen las
ausencias a que los acostumbró. Sacrificio vano porque todo
se ha venido abajo.

DÍAS IGUALES

LAS DANZAS CEREMONIALES HABÍAN TERMINADO, de la fiesta del toro sólo quedaba la música de violines y guitarras. Bajo la sombra de árboles y enramadas había algunos huicholes que bailaban al ritmo impuesto por la borrachera, otros intentaban recuperarse del adormilamiento. El *nawá* mezclado con el aguardiente ayudaba a que la lengua escupiera resentimientos mal contenidos.

El cansancio vencía a Tukari Temai, exhausto, tras cantar tres días completos y se disponía a dormir. Los ojos se negaban a permanecer abiertos más tiempo, sin embargo, se incorporó con rapidez al recibir de golpe palabras ominosas:

—¡*Maraakame tiyuki auheya!* ¡*Karayune!* —gritó el padre de Urima haciendo zigzag de borracho.

—¡Señor…!, yo estoy contento de mirarte aquí.

—¡Conmigo déjate de adornos, cantador *tragagente*! Supe que te llevaste a *mija* y me aguanté las bilis, al cabo que Urima ya está grande para ver sus conveniencias. Estuve esperando que fueras a avisarme que la tenías y nunca te paraste por mi casa; así y todo seguí teniéndote respeto. Pero acabo de saber que te valiste de mala magia *pa* que ella te quisiera y traigo harto coraje.

Tukari Temai se desconcertó. No quería que se supiera que utilizó el árbol del viento para enamorarla. A señas le pidió al suegro que bajara la voz.

—¡No quieras callarme…! ¡Es bueno que todos oigan! Dice Urima que en cuantito se comió los arrayanes que le diste, se le borraron las ideas y te siguió. Dice que se aguantó los malos modos de tu mujer porque tienes su alma apersogada.

—Urima no debía contar eso...

—¿Por qué no? ¡Lástima que no sepas tumbar mujeres de buena manera, que no las amanses con cariños sino con hechizos! *Mija* ya tenía vida segura, iba a ser mujer de uno que tiene hartas vacas, pero la enredaste en tus cochinadas y te la trajiste sin apalabrarnos. Siquiera págame la amaestrada...

—Ella ya venía amaestrada.

—¡Estás loco *dialtiro*! ¡Lo dices *pa* no pagarme las dos vacas que pienso cobrarte!

—Si usted quieres te doy las vacas, pero ella ya estaba amaestrada.

—¡*Mija* no sabía de hombre! ¡Engañas, así nomás es! Te llevé a mi casa a que cantaras, te atendí, te regalé tamales, mazorcas, medio toro y mira cómo pagas —reclamó el suegro.

—Quiero a tu hija y ella también me quiere.

—¿Ah, sí? Rompe los hilos hechizados con que la atoraste y verás que te deja.

—No quiero que me deje.

—¡Brujo dañero! ¡Cantador *tragagente*! Suelta los hilos...

—¡No voy a dejar a su hija! Alcabo ya somos familia, olvida cosas y ven a visitarnos.

—¿Y a qué voy?, ¿a que me embrujes? ¡Sabiéndote las mañas no me paro por allá! —gritó el padre de Urima y hasta ese momento Tukari Temai se dio cuenta de que había mucha gente escuchándolos.

—No soy *tragagente* por arreglar unos arrayanes...

—¿Y qué más querías? Ya empicado vas a acabar sorbiendo almas.

—No soy dañero...

—Eso dices... hasta estoy creyendo que los dos hijos que se le murieron a mi hermano son cosa tuya. Se fueron secando como si alguien les chupara la vida...

—Yo no los conocía. No hago esas cosas.

—¿No? Acuérdate que tu mero primo te echó culpas de que dejaste morir a su mujer y a su *nunutzi. Pa* qué los querías si no es *pa* chuparte su alma.

—Mejor cállese, nos están oyendo.

—¡Que oigan, *pa* que se prevengan!

—Fui pedido para cantador bueno.

—¡*Karayune!* ¿Tonces por qué enhechizaste a Urima?

—Si su hija no quería que la hechizaran, ¿por qué se comió los arrayanes? Las mujeres no somos tontas, sabemos cuando un hombre nos trae ganas y está en nosotras aprovechar eso —dijo Turirí tratando de defender a su esposo.

—Usted no te metas.

—Me meto porque soy la esposa.

—Miren su cantador: ocupa que una vieja lo defienda.

—Ya no hable… le voy a mandar las dos vacas que dijimos.

—¡Trágate tus vacas, *karayune tragagente!*

El suegro se marchó dando traspiés, los curiosos empezaron a dispersarse. Horas después, una frase rondaba los pequeños grupos.

—¡*Maraakame tiyuki auheya…!*

Por semanas, Tukari Temai quedó sumido en el desconcierto. La conciencia seguía reprochándole el haber desviado su camino y permitir que su prestigio de *maraakame* estuviera en entredicho. Turirí trató de reanimarlo:

—No eres *tragagente*: tan siquiera defiéndete de los que alegan eso.

—Me volví dañero. Ya no confían en mí…

—Eres buen cantador, Takakaima sigue hablando por tu boca.

—Takakaima va a dejar de aconsejarme…

—Conténtalos con ofrendas y ayunos, quién quita y te hagan caso. Todavía no estás salado, ¿no hasta Kieri Téwiyari, siendo tan peligroso, te enseñó a tocar violín? —insistió Turirí queriendo convencerlo.

Tukari Temai no sabía cómo agradecer palabras tan bien intencionadas. Reptando, se acercó a donde ella dormía y Turirí lo abrazó contenta, convencida de que lo estaba recuperando. Urima fingió dormir; ya habría tiempo para establecer dominios.

—Acuérdate cuánto tiempo gastaste en aprender lo que sabes. Ni caso nos hacías por pensar en cantos, yerbas y remedios —reprochó Turirí—. Acuérdate que apenas nacido nuestro tercer niño, nos dejaste solos para irte hasta el mar, porque soñaste que debías andar allá.

Tukari Temai seguía encontrando en las palabras de su mujer veladas reconvenciones, pero no les dio importancia porque sabía que ella, tan olvidada, pretendía recordarle sus esfuerzos, sus ilusiones, motivándolo a luchar por lo que sentía perdido. Su afecto por ella no era como el apasionamiento que le producía Urima. Por Turirí sentía la ternura que podría inspirarle una amiga, y fue esa ternura la que lo hizo abrazarla, acercar su corazón al cuerpo agotado y fiel, pegar su rostro a la boca sin jugo que seguía repitiendo:

—Acuérdate lo que te ha costado ser quien eres.

Urima se sorprendió de que la escena no le provocara celos. Tenía tiempo sintiéndose cansada, un profundo aburrimiento llenaba sus días iguales, distribuidos en ayudar a Turirí con los quehaceres, cuidarle los hijos, bordar e hilar. En las noches en que Tukari Temai la llamaba a su *tapeixtle*, se acostaba junto a él a vivir un amor que le parecía rutinario. Estaba segura de que no había nacido para ser mujer de un solo hombre y menos para segunda esposa de uno tan apegado a sus ritos. Cuando lo conoció, en la fiesta del maíz tostado, se estremeció con su mirar ansioso, sonrió complacida cada que él confundía los cantos, se llenó de vanidad ante el intento de los arrayanes hechizados y lo siguió con entusiasmo, sabiendo que se había librado del hombre enjuto y senil al que estaba destinada. La ilusión sufrió el primer vuelco cuando él la tuvo esperando en el *takuá* en lugar de imponerse sobre una esposa gritona. La desengañó su actitud mansa e intentó irse. Cuando Tukari Temai le regaló un collar de chaquira, con él renacieron algunas esperanzas, pero la primera noche con él se decepcionó ante el encuentro con un hombre simple. Puso empeño en enseñarle todo lo que sabía, no se cansaba de provocarlo, de hacerlo explotar de muchas maneras hasta que se dio cuenta de que el cantador no tenía ni la mitad de la iniciativa de su primer amante. Cada que se acostaba con el *maraakame* la piel se le dormía y su fantaseo volaba tras el recuerdo del hombre que la tumbó junto al *coamil*, dominándola con apasionamiento, locura y vitalidad. Lo maldijo por no haberla llevado a su *karretune*; estaba segura de que con él hubiera sido feliz.

Se había cansado de los besos monótonos del cantador y de sus largas ausencias en busca de conocimientos. Su imaginación la poblaba ahora un joven de ojos insistentes. Lo veía acercarse y sus dieciocho años se alegraban, eran alas de pájaro en busca de vuelo. Le gustaban los cortejos de ese muchacho, sus miradas furtivas la hacían rejuvenecer, ensayar sonrisas y tarareos, para llenar de colores sus días iguales. No, ella no había nacido para mujer de un solo hombre, y menos para ser la *neaturreri* de un *maraakame* tan apegado a sus ritos.

ATRAPADOR DE ALMAS

LOS BUEYES QUE JALAN LAS CARRETAS llegan al final de los caminos lodosos y entran con paso cansado al puerto de San Blas. El cerro de San Basilio, la iglesia de la Marinera, la aduana, los esteros, el calor húmedo y nubes de jejenes dan la bienvenida a los gañanes que son bajados de las carretas y llevados a largos cuartos, construidos con firmes carrizos, sobre altos horcones, para salvarlos de las inundaciones que propicia la furia del mar. En esos tapancos todo cuelga del techo y la línea del agua a ratos brinca intentando lamer sus pies y sus pertenencias.

Los llevan después a una salinera que queda cerca de la piedra blanca y enorme, metida entre las olas, donde vive Tatei Aramara, Tukari Temai se siente indigno de verla y evita mirar hacia donde ella se encuentra.

La insistente lluvia no permite el trabajo. Tukari Temai está nuevamente en los manglares, en lagunas y esteros que forman laberintos poblados de mangles, yerbajos y garzas entre la marisma salada. Los patrones no esperaban estas últimas lluvias. Todo está crecido; ríos, arroyos y mareas; el horizonte tiene impregnado el olor de la humedad. Hay que esperar a que el sol evapore el agua del estero para que la sal sedimente.

De noche, rodeado de hombres sin esperanza, Tukari Temai siente una soledad profunda. Entre sombras y en silencio invoca a sus protectores, quiere decirles que está dispuesto a aceptar el castigo que ellos acuerden. Ninguno acude a su ruego. Pide perdón al muerto que carga en la conciencia y promete pagar por su sangre. Pasa de la media noche cuando al fin se queda dormido y sueña: «Nosotros, tus padres, te estamos esperando… estamos esperando… esperando…», es un eco, son voces de trueno que se enlazan al rumor del mar. Despierta, se incorpora, baja del cuarto de carrizos y se mete a la canoa. Rema con prisa hasta llegar al playón. Se sienta en la arena y escucha atento el ruido de las olas. Un resplandor llama su atención, ahí, a un lado, distingue a sus tres protectores. Venado, león y serpiente se yerguen, lo miran.

—Nosotros, tus padres, seguimos enojados. Nos desobedeciste por causa de una mujer, te equivocaste muchas veces; cargas un muerto en los pensamientos. Por eso te decimos que si quieres nuestro perdón, deberás aguantar cinco veces cinco años trabajando para teiwarirris vecinos. No hablarás ni te quejarás de nada. Hasta que acabes de cumplir ese tiempo tendrás permiso de regresar a la sierra. Ese es tu castigo, tú sabrás si lo cumples —sentencia el venado. Se acaba el resplandor y sólo queda el rumor del mar. Convencido de que quiere ser perdonado, Tukari Temai regresa a donde dejó la canoa.

Las aguas bajan. Es hora de meterse al fango, de construir una pileta con lodo, cal y zacatón; es hora de colocarle en el fondo —sostenida sobre horcones— una especie de coladera con hojas de palma entretejidas y fabricarle además una canaleta en declive que concluirá en otra pila a ras de suelo.

—¡Mudo Mezquites!, ¡ya apúrate, cabrón!, ¡no por viejo vas a trabajar cuando tú quieras! —le grita uno de los capataces.

Tukari Temai hace señas de que ha entendido y se apresura. Cumpliendo su castigo ha dejado de hablar, alguien le colgó el mote de mudo y su lengua está contenta de callar.

De noche, como en cascada, se le vienen los recuerdos; este es doloroso, este le trae a la memoria la muerte de su padre:

Fue una bala la que rompió el aire y llenó de estruendos las barrancas, raudo proyectil que se estrelló en el hueso occipital de Jaimana Tineika. El herido se fue de frente y luego se derrumbó sobre la hierba tierna.

Cuando le fueron a avisar del accidente, Tukari Temai se apresuró a llegar al sitio de la desgracia. Jaimana Tineika yacía sobre el herbazal en que una gran mancha pintaba de rojo las ropas colocadas a manera de almohada. Los ojos fijos y el rostro lívido del padre hablaban de su agonía, de una muerte desmentida apenas por el estertor que escapaba de los labios fríos. No estaban las vacas y toros que Jaimana Tineika llevaba a vender entre los teiwarirris vecinos. Era fácil entender que algún mestizo ambicionó el ganado; quiso ser propietario de aquellos animales y le disparó al dueño para poder llevárselos. Calculó que sería inútil bajar a reclamar justicia: nadie había visto al agresor y el piquete de soldados que a veces entraba en la sierra sólo lo hacía para detener culpables, nunca para investigar.

Una trágica comitiva entró en el rancho, llevando en camilla de palos el cuerpo ensangrentado del viejo cantador. Lo condujeron al *ríriki* familiar, y manos de mujer colocaron a su alrededor jícaras con agua sagrada, cuencos llenos de gajos de peyote, flechas, velas encendidas y la cornamenta de un venado.

Tukari Temai no dejaba de observar a su padre. Por la profunda herida aún manaba un hilillo sangre. Procedió a lavarlo con agua lustral, procurando no tocar los bordes irregulares. Horrenda zanja que enrojecía la parte baja del cráneo. El padre parecía inmerso en una pesadilla de la que no podía despertar. Lo sobrecogió su respiración anhelante y la idea de que estuviera sufriendo dolores indecibles. Hubiera preferido encontrarlo muerto; amaba al hombre del cerebro ensangrentado y no tenía ningún recurso que le evitara el martirio. Sin soportar más la angustia, exigió a los abuelos que desataran los hilos de su vida y lo dejaran irse. No era el acostumbrado llanto ritual el que corrió por sus mejillas, no, éste era un llanto ronco, impetuoso, rebelde, que nacía en manantiales oscuros y escapaba a raudales por los ojos irritados. Lágrimas de hijo, de hombre, de curandero derrumbado bajo el peso de la impotencia. Sus treinta y cuatro años de edad se desleían entre el agua salada de una angustia descomunal.

«Hijo, los abuelos casi siempre están enojados, nunca falta alguno al que no le parece la ofrenda que le damos y desquita su coraje mandando flechas de enfermedad o de castigo. Las de enfermedad son chiquititas, uno sabe que las trae encima porque de repente duelen. Las de castigo vienen a estrellarse en uno. Para curar eso, el cantador debe hablar con Tatutzima, prometerle cosas…»

Tukari Temai sabía que las flechas de enfermedad eran avisos de incumplimiento y se sentía capaz de luchar contra todas ellas, pero no sabía qué hacer con una bala alojada junto a la masa gelatinosa del cerebro, ni con el hombre que se resistía a poner los pies en el camino de la muerte.

Avivó el fuego, que bailoteó a mitad del adoratorio *ríriki*, tomó sus *muvieris* y saludó con ellos a las deidades de las cinco regiones del mundo. Necesitaba encontrar la forma de salvar a su padre o conducirlo dulcemente hacia el final. Abrió el corazón a los dioses suplicando un consejo. Al tocar el cuerpo del herido, se dio cuenta de que el abuelo *Tatewarí,* a pesar de sus llamas, no alcanzaba a calentarlo. Dirigió sus poderes de *maraakame* a sus manos, pidió a Turirí que le trajera una jícara, y dibujó sobre ella a su padre. Lo pintó de pie, libre de daños. Plasmó un Jaimana Tineika que señalaba el rumbo a los buscadores de *híkuri;* un hombre vital y recio.

—Corran a dejar esta jícara con agua en la cueva de Tatewarí —ordenó. Estaba seguro de que cuando el abuelo Fuego tuviera sed y levantara esa jícara, se bebería su ruego. Uno de sus hermanos salió corriendo del caserío. Muchacho de piernas ágiles que portaba una esperanza garrapateada de prisa en el cuenco de una calabaza.

«Hijo, la *kúpuri* es nuestra alma y vive en la mollera. Cualquier golponazo en la cabeza la quita de su lugar y la tira al suelo.

LA DANZA DE LA LLUVIA

Necesitas caminar sobre los pasos del que la perdió para hallarla. Es tan delicada y temblorosa la *kúpuri*, que hay que meterla en un carrizo hueco y taparle las salidas con algodón. Luego ese carrizo se pone sobre la mollera del enfermo para que el alma resbale despacito hasta quedar donde estaba antes. Nadie puede vivir sin *kúpuri* mucho tiempo, por eso tienes que hallarla rápido».

Recordar esas palabras fue para él como una revelación. Su padre no despertaba porque no tenía la *kúpuri*; se le había escurrido por el agujero que traía en la cabeza y él y su ayudante necesitaban encontrarla. Encargó a Turirí y a sus tres madrastras el cuidado del herido, buscó un carrizo hueco y algodón de pochote, tomó la *tacuatzi Kauyumari* en que guardaba sus objetos de poder y se fue, guiado por los *muvieris*, en busca del alma de su padre.

Llegó al sitio del accidente. Tenía fe en sus *muvieris* hechos de plumas de águila que, por volar tan alto, eran capaces de ver y oír cosas negadas a los demás. Les pidió que le permitieran escuchar los ruidos que hacía el alma perdida y con ojos entrecerrados, llevado por sus cantos, se afanó en la búsqueda. A gatas revisó una por una plantas, piedras y ramas circundantes. El alma no se encontraba por ninguna parte. Silbó, lloró suavemente esperando que la *kúpuri* respondiera con silbidos y llanto. Todo estaba ocupado por el silencio, ni siquiera existía un ruido pequeño.

—Tatei Niwetukame, madre que nos colocas el alma y nos mandas a la vida, atiéndeme: mi padre está por morir... Desátalo o amárralo: decide si quieres amarrarlo al mundo y jala mis *muvieris* y enséñame donde está su *kúpuri* para regresarla a su lugar. Si lo haces tendrás velas adornadas, *tzíkuri* de estambre, sillas para que te sientes, todo eso te haré —prometió Tukari Temai, pero no sentía el poder de la diosa, el hormigueo al que estaba acostumbrado. La madre Niwetukame no estaba cerca. Pensó que su ruego era como una serpiente ciega que al arrastrarse en busca de guaridas acababa chocando contra piedras.

Emprendió el regreso espoleado por la angustia. Avanzaba y se detenía a revisar otra vez el camino. Iba como autómata, pensando que el accidente podría ser un castigo de los sagrados, quizá su padre había quebrantado alguna de sus obligaciones, tal vez salió de la casa lleno de malos pensamientos, o a lo mejor el percance lo causó un acto de brujería. Analizó las posibilidades y consideró válido el argumento de la hechicería, que limpiaba de culpas a su padre transformándolo de transgresor en víctima. Sí, eso debía ser, por eso no encontraba el alma. La pobre estaría ya en poder de un brujo *tragagente* que la perseguiría en sueños. Imaginó a la *kúpuri* corriendo por laberintos oscuros para escapar de zorras, lechuzas y murciélagos. Allá iba esa alma en busca de refugios y eludiendo trampas; allá iba, llorando de miedo, porque sabía que iban a comérsela.

Regresó al *ríriki* dispuesto a enfrentar a los hechiceros que tenían agarrada el alma de su padre. Algún envidioso pagó a un brujo para que cantara en su contra, por eso al mestizo le gustó la vacada, por eso pudo dispararle. Avivó las llamas y las miró fijamente para escuchar el mensaje del abuelo Tatewarí, pero no hubo comunicado. León, venado y serpiente callaban ante sus súplicas. En busca de palabras sagradas masticó uno tras otro muchos gajos de peyote. Agitó los *muvieris* en que colgaban pequeños espejos, colocados ahí para deslumbrar hechiceros y restarles poder. De pronto, entre los nublazones del mal surgió la luminosidad de Takakaima.

—Te avisamos que tu padre morirá al amanecer. Volará primero a Wirikuta, después se irá al cielo que vigila Tatei Werika Wimari, la madre Águila Joven. —Un cosquilleo le caminó el estómago.

El estertor de Jaimana Tineika se fue dulcificando hasta que se apagó como las hogueras sin leña. Agotado, Tukari Temai comprobó su muerte y preparó lo necesario para amortajarlo. El viejo *itzukame* y cantador yacía lívido sobre un petate.

Le pareció mentira que quien llevó con tanto vigor la vara de mando y las plumas de águila, estuviera tan quieto.

Entre hijas y nueras lo ataviaron. Anillos, pulseras, collares y canilleras, llenaron de color el cadáver, vestido con sus mejores galas. Le unieron las manos sobre el pecho y en medio de éstas colocaron ramitos de la hierba de la muerte, también los *muvieris* de plumas de aguililla que nunca más volverían a agitarse. Cubierto por una manta y sobre una camilla de palos, lo condujeron hacia una cueva.

Atrás de la camilla fúnebre iban esposas, hermanas, hijas, nueras y nietas, llevando los bules con agua sagrada. Lloraron a grito abierto esa muerte mientras subían el camino cubierto de hierbas tiernas y zacatal. Al llegar a la cima, dejaron que el *maraakame* Tukari Temai se hiciera cargo.

Dentro de la cueva sentó al cadáver que aún no presentaba el rigor mortis.

—Padre, mi padre, *ne yeu*, te lavaré la cara para reconocerte dentro de cinco días, cuando bajemos al mundo de los muertos para buscar tu alma —dijo mientras machacaba amole sobre una piedra.

Untó el amole en el rostro del muerto. La espuma y el agua lustral resbalaron por las facciones descoloridas. Movido por su emotividad, Tukari Temai acarició cada una de las arrugas de la frente sabia. Ayudado por una escobeta de fibra de lechuguilla, peinó con reverencia los cabellos, y le tejió la larga trenza, enredándosela, a modo de molote, sobre la nuca herida. Le calzó los pies con huaraches nuevos, convencido de que los desgastaría en las veredas de la muerte. Le colocó al hombro un morralito con cinco tortillas diminutas, un bule con agua para cuando tuviera sed y cinco monedas para que las gastara en los antojos del camino. Cubrió el cuerpo con una manta y lo enredó en su *tapeixtle* de varas. Los hombres ya habían hecho un hueco de escasa profundidad.

—Que los pies queden mirando hacia el oriente: su alma debe caminar primero a Wirikuta.

Viudas, hijos pequeños, nueras, yernos, primos... los parientes arrojaron un puñito de tierra en señal de despedida. Vaciaron agua de manantiales sagrados en la fosa y terminaron de llenarla a paladas. Apisonaron el suelo con una gran piedra que dejaban caer con fuerza sobre la tierra suelta.

Lloraron por el muerto los cinco días de rigor y al cumplirse el plazo la familia entera se secó los ojos y se preparó para la ceremonia de atrapar su alma.

En el que fuera hogar de Jaimana Tineika, el barullo anunciaba el inicio de la importante reunión. La casa estaba rodeada con rajas ocote, barrera que mostraba una sola abertura por donde debería entrar el alma del difunto. En el *ríriki* se había colocado un *itari* hecho de carrizo sobre el que lucían, en pequeñas jícaras, los guisos que agradaban al desaparecido, a un lado estaban todas sus pertenencias.

Inició la ceremonia con la quema de los ocotes que ardían levantando una estela crepitante. Rojas llamaradas elevaron sus lenguas hacia el cielo ennegrecido, como queriendo lamer los sabores de la noche. Todos estaban dentro del círculo ígneo, viendo cómo el abuelo Tatewarí crecía y bailaba entre resplandores. Tukari Temai, en su papel de *maraakame* cantador, presidía la ceremonia junto con su ayudante, el atrapador de almas. Saludó con sus *muvieris* a los cinco rumbos del mundo e inició los cantos que le dictaba el abuelo Fuego. Mordió los gajos de peyote que lo prepararían para poner los pies en el mundo de los muertos. Inspirado por Kauyumari, el venado azul fue en busca del difunto cantando, platicando su vida:

—No crean que es mentira, busco a Jaimana Tineika y no lo encuentro en la milpa, tampoco está leñando en el monte, ni pescando en el río. ¡Desde aquí lo estoy mirando!, no crean que es mentira. Lo veo recién nacido, su madre, que es mi abuela, lo cuida y lo alimenta. Ya gatea sin apoyar rodillas, ya se endereza para andar, ya da pasos y se cae. Anda por todos lados corriendo y brincando. Mi abuelo le enseña a disparar flecha y con ella sólo asusta lagartijas —dijo, concentrado en lo que miraba—. Está creciendo, necesita ponerse trapos, taparse lo que le ha crecido. Mi abuela le arregla una camisa, le pone un *ueruchí* taparrabo porque ya le maduraron cosas de hombre…

En una narración de horas, siguió a Jaimana Tineika mientras atravesaba las puertas de la pubertad y la adolescencia. Habló de su primer matrimonio y de la muerte de Tamaiku, su primera esposa. Nada escapaba a su visión de *maraakame* y por medio de cantos informaba sobre la vida del difunto, repetida por dos de sus ayudantes para que quedara en la memoria de los asistentes. Jaimana Tineika, tras recorrer toda su existencia, había entrado al mundo de los muertos y el cantador le seguía los pasos.

—Anda por las piedras renegridas; agarra dos, las junta, las choca para que las ánimas sepan que ya llegó. Toma la vereda de la derecha, la vereda de los que tienen corazón de wirrárika. Ya se encontró al perro que cuida ese camino. Él le da las cinco tortillas que lleva, el perro ya no gruñe y lo ayuda a cruzar el río.

Entrecerró los ojos para que las visiones no lo abandonaran. Vio a su padre recorrer caminos grises y lo siguió sin ser notado. Jaimana Tineika llegó junto al tlacuache que le revisó cuidadosamente la boca para ver si había comido de su carne. Aguardó expectante: si el tlacuache encontraba restos de esa carne condenaría a Jaimana Tineika a pasar junto a unas piedras que se abrían y chocaban para que sintiera lo que el animal había sentido cuando sus muelas lo remolieron. Pero no había hebras de tlacuache y el alma siguió el camino, que se tornaba más oscuro. Llegó a un sitio donde estaban tiradas muchas vulvas impidiéndole el paso. Levantó las que reconocía, eran de las mujeres que había disfrutado en vida. La vereda era larga, las vulvas pesaban, el muerto estaba cansado de cargarlas.

—Allá va, caminando despacio porque carga las *rapí* que debe llevar hasta el árbol de *xapa*.

Horas y horas más de canto, sólo interrumpido por Turirí que, a sus pies, estaba atenta a su tono de voz y cuando la escuchaba seca, cansada o ronca, le ofrecía un poco de tejuino,

un cigarro o peyotes frescos. Jaimana Tineika logró llegar al
árbol que marcaba el final de su recorrido. Ahí lo estaban esperando multitud de difuntos para que aventara las vulvas contra el árbol y tirara la fruta que lucía apetitosa entre las ramas.

Jaimana Tineika se compadece,
avienta las rapís *y tira las frutas.*
Todos comen esa fruta
ya ninguno tiene hambre ni sed.

Las almas, agradecidas, lo invitaron a una fiesta en que había
tejuino y cantos con violín y guitarra.

Ven a nuestra fiesta con música y con baile
fiesta con violines y guitarra
con rahueri *y con* kanari
ven a fiesta con nawá.

Tukari temai no perdía de vista a su padre, cuando la escena
se ensombrecía pedía más peyote. Jaimana Tineika bailó y se
emborrachó con tejuino hasta olvidar que estaba muerto. Los
familiares, sabiendo que el *maraakame* podía ver el alma del
muerto, le pidieron que lo llamara, que le dijera que lo estaban
esperando. El muerto estaba contento y no quería regresar.

—No regreso porque me trataron mal —mandó decir.

Indignadas, las tres esposas respondieron que eso no era
cierto, que siempre lo habían obedecido.

Padre, ven a despedirte
llevas cinco días difunto
es tu obligación decir adiós.

—Tú, *maraakame*, tú, atrapador de almas, déjame en paz.
Quiero bailar y emborracharme mientras oigo cómo tocan el
rahueri y la *kanari.* —Se dignó contestar y siguió bailando.

—Acompáñanos un ratito nomás, te despides y regresas
a bailar —le pidió el atrapador de almas.

No quiero ir a mirarlos
aquí estoy muy a gusto
con kanari *y con* rahueri
con rahueri *y con* nawá.

La negativa provocó el llanto ritual de los parientes.

—*Maraakame*, tú que fuiste su hijo busca convencerlo. Dile que en el *itari* hay jícaras con frijoles, carne de iguana, chachalaca, atole y tamales. Que no desprecie la comida que le hicimos con gusto. Allá afuera están amarrados los dos becerros que quedaron y el perro que siempre lo seguía, que si quiere mirarlos nomás se asome —pidió Jainamari, la esposa más vieja.

Tukari Temai se estaba cansando, sentía que su poder se debilitaba, que la concentración que requería para seguir a su padre estaba disminuyendo. No podía permitir que esa alma se perdiera sin despedirse. Los ruegos eran inútiles. Tomó sus *muvieris* y los mojó en *nawá*, se acercó con sigilo al alma terca y la roció con la bebida. El alma se lamió el cuerpo y se emborrachó más, entonces la confundió haciendo brillar los espejos que había colgado a sus *muvieris*. El atrapador de almas al fin pudo lazarla.

> *Desde aquí lo estoy mirando*
> *ya viene bien lazado*
> *ya cruzó los ocotes encendidos*
> *ya se paró en la punta de mis plumas,*
> *nos mira, nos reconoce, así nomás es.*

Cantó Tukari Temai sin perder de vista la energía que despedía el alma, ese pequeño punto de luz que volaba y parecía una mosca luminosa.

> *Ya se viene a despedir.*
> *Salúdenlo llenos de cariño,*
> *tomen sus manos chiquititas,*
> *díganle cuánto lo querían.*

Los familiares se acercaron a los *muvieris* de Tukari Temai, tendieron respetuosamente la mano, con el fin de tocar la diminuta mano del alma. Le invitaron a comer lo que había en las jícaras. Tukari Temai seguía viendo la energía del alma, los colores de su luz, y siguió diciéndoles de qué plato estaba comiendo.

Llegó la hora de la despedida y los ojos de todos se cargaron de lágrimas. Conocían la costumbre y sabían que el gusto de saber que el alma de Jaimana Tineika estaba ahí, debía ser reemplazado por el desprecio. Esa alma tenía que irse lejos, lo más lejos posible para no dañarlos.

¡Vete!, tú ya te moriste,
tienes la cara negra de los muertos
cargas el mal poder.
Tu cara de difunto causas males.
Vete
no te acerques, nos enfermas.
Vete lejos y déjanos vivir.

—Padre, *ne yeu*, mi padre, fuiste *maraakame* y te pensamos recoger dentro de cinco años, cuando tus huesos se hayan vuelto una estrella de vidrio o piedra. Cuando te vuelvas *urukame* vamos a ir por ti. Ahora nos enfermas y queremos que te vayas —le explicó entristecido Tukari Temai. El alma del muerto quería quedarse ahí.

—¡Vete! ¡Fuera de aquí, muerto cara negra! —tuvo que gritarle.

—¡Vete, dañero, vete! ¡Nunca vuelvas! —gritaban las viudas, los hijos, los hermanos, amenazando a la mosquita luminosa con ramas de zapote.

Las voces subieron de tono y la mosquita se asustó. Tukari Temai la tuvo que echar de la casa sin perder de vista su vuelo. Percibía cómo el alma de Jaimana Tineika se alejaba llena de lágrimas y miedo. Los familiares venían atrás, amenazándola con las ramas de zapote. Fue hasta una loma que se detuvo para que el hijo la despidiera.

—Padre, mi padre, *ne yeu*, debes irte, tu lugar es muy lejos. Por haber sido *maraakame* te toca estar cerca del sol. Me duele correrte, pero tengo que cumplir el costumbre. Vete, no nos dañes, no toques a nadie, no nos enfermes. Puse ramas de zapote en los caminos para que allí te atores y no puedas volver. Me toca dejarte sin poderes para que no pongas malas flechas a los que quisiste. No quieras que alguno de tus hijos te acompañe porque al que escojas se va a morir de tiricia —le dijo con voz dulce.

La mosquita dudó entre regresarse o seguir.

—Dentro de cinco años voy a buscar tu alma. Me voy a pelear contra el sol para arrancarte de con él y traerte con nosotros. Dentro de cinco años vivirás en nuestro *ríriki* como *urukame*, para guiarnos y protegernos, pero debes esperar a que ese tiempo se cumpla, ahora vete, por favor —le pidió con los ojos enrojecidos.

El alma se alejó en un vuelo tristísimo y lento, volteaba a mirar al hijo *maraakame;* lloraba mientras se perdía en lo infinito del cielo.

Ebrio de angustia y cansancio, ebrio también por el peyote ingerido, Tukari Temai, apoyándose en el hombro de Turirí, regresó al caserío.

IRUMARI Y MAUTIWAKI

DESDE LAS DOS DE LA MADRUGADA hasta casi medio día, Tukari Temai, como todos, busca concha de ostión para quemarla y obtener cal. Esparce la cal sobre la salina; esa cal debe ser bruñida con piedras hasta que el paisaje se torne de un color blanco deslumbrante, hasta que los capataces digan que está bien hecha la encalichada.

La marisma revienta en diminutas flores cristalinas y forma la saltierra. Tukari Temai anda entre los demás rastrillando esa saltierra, la hace montones, la acarrea, la vacía a la pileta… Salina de paisajes lunáticos, lechosos; níveos. Suelo que refleja la luz de un sol que cae a plomo, reverberación que cansa los ojos, espejeo blanquecino que encandila.

Con el chiquihuite a la espalda, con la piel irritada y caliente por el roce de la carga, el antiguo *maraakame* trabaja. Tiene la espalda herida: saltierra y sangre, blanco y rojo caen en la pileta… Ahora carga el chiquihuite sobre la cadera, hasta que también esa piel se irrita, se calienta, sangra… De nuevo carga el canasto a la espalda…

Como todos, abre pozos para remojar la saltierra de la pileta hasta que la coladera filtra sus primeras gotas, amarillentas, olorosas a yodo. Las deja escurrir por el canal en declive para que lleguen a la pequeña pileta. La saca de ahí en ollas de barro, la vacía a las eras para que cuajen y el sol a plomo convierta el sacrificio en pequeños cristales llamados sal.

—Tengo tasajeados el cuadril y el lomo, ya no aguanto

las comezones de la sal, de tanto ver lo blanco me duelen los ojos, a lo mejor me quedo ciego; mejor voy a largarme sin que se den cuenta —murmura y esas palabras alegran su cuerpo. Lleva seis años en ese infierno; setenta y dos meses de castigo, siempre con miedo de irritar de nuevo a los bisabuelos. Las piernas han empezado a temblarle ante el peso de los canastos y todo él se está enjutando. La saltierra se alimenta de la fortaleza de los salineros, los chupa, los envejece antes de tiempo.

Logra escapar. Sube a otra carreta salvadora y se esconde entre costales de sal, quiere irse lejos, olvidarse de inundaciones y paisajes albos.

Vuelve a la tibieza del valle de Tepic. De súbito pasa de la dureza blanca a la ternura verde; de lo salado a lo dulce; de las nudosas raíces del manglar a la esbelta silueta de las cañas. Llega a los cañaverales de Matatipac en tiempos de zafra. Qué cambio, qué agradable le parece el paisaje. En sus ratos libres, el río de Tepic corre trayéndole recuerdos, añoranzas que al paso de los años ya no duelen tanto.

Estaba el pescador dentro del río atrapando bagre y trucha cuando la muchacha llegó. Hincada frente a una piedra lisa empezó a lavar. Cada que levantaba la vista, descubría que él la estaba mirando y bajaba los ojos, entreteniéndose en hacer espuma con raíces de amole.

Él intentó concentrarse en la pesca. Aventaba sobre la tierra húmeda los peces que iba atrapando con las manos para que murieran de asfixia. Ella no perdía detalle de la aptitud del hombre, que al sentirse observado, exageraba habilidades con el afán de provocar su admiración. Eran muchos los pescados que boqueaban y se retorcían a la orilla del río. Las branquias fatigadas se entumían, los ojos saltones se iban opacando. En el vado estaban él y ella, acompañados sólo por pescados moribundos.

A ella le sorprendía la habilidad con que él le arrancaba los hijos a Tatei Uteanaka; tal vez era un consentido de la madre de los peces. Deseaba acercársele, decirle que admiraba su destreza, pero no se atrevía. Miró fijamente la espalda viril y morena, y él giró de pronto para descubrirla. El momento era comprometedor, pero ella lo resolvió con una sonrisa.

—Bonita, cuando acabes de lavar voy a regalarte unos *ketzute*...

—No me los des, se enojan si recibo cosas.

—Diles que tú los agarraste —aconsejó él acercándose un poco.

—No van a creerme, pescar es trabajoso. ¿Cómo se los pides a *Tatei Uteanaka*? —preguntó ella, que sabía de memoria la forma de hacer la petición.

—Nuestra madre vive abajo del agua, en una cueva hecha de piedras lamosas y vidrios de colores. Cuando quieres *ketzute* sueltas ofrenda de jícaras en el río. Luego que se hundan le pides que te dé pescado. Tatei Uteanaka te oye, llama a Shurakame, su ayudante: «Shurakame, tú, el mayor de mis hijos, el que te encargas de guiarlos con la luz que te colgué en la frente para que vean las redes y trampas que les ponen, te pido que hoy te hagas el disimulado, alguien me trajo ofrenda y me pide pescado. Hoy desatiende tu ocupación y déjalos solos», dice la madre con tristeza y Shurakame debe obedecer.

—Nuestra madre Uteanaka te regaló muchos —dijo ella para halagarlo.

—Lástima que no quieras unos —contestó él acercándose más.

—No puedo recibir regalos...

—Entonces quítate tus naguas y ven a ver cómo se atrapan.

El hombre le atraía. Ella se emocionó al pensarse desnuda, a mitad del agua, junto a él, pero sentía miedo de que pudieran verlos.

—No... si nos miran alegarán cosas...

—No hay nadie... si quieres no te quites los trapos, métete así. —Insistió él buscando vencer la mínima resistencia.

Ella dejó de lavar, se despojó de una de sus enaguas y se lanzó al agua. Para cualquiera, la escena podría parecer hermosa: un muchacho de piel tostada y una joven bonita jugueteaban a mitad del río. Ella lanzó agua al rostro del hombre e intentó escapar entre risas, él la siguió para sumirla en el regazo del río. Cuando ella brotó del agua, la mojada *kamirra* le transparentaba los senos firmes. Nuevamente ella intentó huir entre risotadas, pero cayó en los brazos abiertos del pescador, que se cerraron para atraparla, igual que a un pez, en una red de besos ansiosos. Cualquiera podría considerar hasta dulce la escena, pero no Tukari Temai que, azorado, veía cómo Urima respondía a las caricias del hombre. No pudo contener más la desesperación de ver a su mujer en brazos de otro, ni tampoco la voz tronante con que la llamó.

Urima escuchó el grito iracundo, se soltó del abrazo y trató de salir del río. El joven miró al ofendido esposo y se zambulló buscando librarse de su furia. Tukari Temai no sabía si reclamarle al pescador o correr tras de la que se escapaba.

No le fue fácil alcanzar a Urima. Cuando la tuvo al alcance, a jalones y reproches intentó saber el por qué del engaño.

—Vine a lavar, ese hombre me amenazó y me empujó al agua.

—¡Mentirosa, miré cuando te quitabas las enaguas!

Urima siguió negando los hechos. Tukari Temai se desesperaba, la sacudía, le presionaba el brazo hasta lastimarla.

—¡Suéltame, no tengo la culpa de que veas visiones!

—Sé lo que miro.

—¿Sí?, ¿miraste mucho? entonces dile que te pague la amansada… ¡Va a estar trabajoso porque no le diste tiempo! —se burló Urima mientras pretendía escapar de los dedos que se cerraban como tenazas en su brazo. Al no lograrlo caminó de prisa, con ademán altivo, como si ella fuera la ofendida y esperara una disculpa.

Rabioso, al fin entendía Tukari Temai los velados comentarios, los rumores que, como el aire, dejó pasar de largo. La verdad estaba ahí, frente a él, retándolo a que la mirara. Los celos dejaron de enturbiarle la mente, la angustia ya no le adormeció las piernas, tan acostumbradas a caminar. Quería desesperadamente a Urima y ese amor justificaba todos sus actos. Trató de convencerse de que la juventud y la inexperiencia la volvían arrebatada. Bastaría con que ella pidiera perdón para que él olvidara el incidente, pero la muchacha no estaba dispuesta a aceptar la culpa.

—No te contentas con encandilarme a mí, también quieres alborotar a otro.

—Al cabo no hice nada, al cabo no estaba queriéndome con nadie…

—Si no te grito lo hubieras hecho.

—Quien quita y me animaba…

Una bofetada se estampó en el rostro bonito lastimando los labios, de cuyas carnosidades brotaron delgados hilos de sangre.

—¡Al cabo ya me harté de andar contigo! ¡Voy a largarme a mi casa!

El solo pensamiento de perderla provocó en Tukari Temai sobresalto. El miedo creció hasta ennegrecerle el futuro. Nada importaba sin ella, por eso fue él quien pidió disculpas y prometió regalos.

—¡Ya me cansé de que no me mires! Antes me paseabas por todos lados, ahora nomás sirvo para cuidar tus hijos y echar tortilla. A ti sólo te importan Takakaima. Hace un mes que no me quieres en tu *tapeixtle.* Hiciste promesa de no agarrar mujer sin pensar que yo ocupo hombre.

—Así nomás es… Cuando uno va a Wirikuta la vida cambia.

—¡Si no puedes tumbarme, por qué desanimas a los que sí! ¡Siento ganas, busco que me agarren y me las quiten! Cuando ése me invitó al río, me metí por eso. ¡Reclamas lo que no quieres hacer!

—Entiende que me comprometí con Tatutzima, debo cumplir yo más que *niuno,* soy *maraakame.* Te voy a agarrar hasta por marzo, después de la fiesta del maíz tostado, eso lo sabes, pero tienes capricho. Turirí siempre ha aguantado…

—¡Ni me compares con ésa! ¡Si quieres que me quede, túmbame aquí, ahora, antes de que me largue! —gritó Urima llena de rabia y se echó a correr.

Tukari Temai la alcanzó y terminó poseyéndola.

Se incorporó horrorizado: era la primera vez en su vida que rompía una promesa de abstinencia. Ella trató de convencerlo de que descansara a su lado. Él la soltó con brusquedad y a paso rápido se perdió en el camino.

Estaba trepado en un risco desde donde podía mirar cumbres aplanadas y cañones profundos. Posiblemente, siglos atrás, los poderosos e indómitos volcanes vomitaron la roca que conformaba la serranía. Desfiladeros a cuyas orillas brotaban los bosques. Árboles majestuosos que gemían al paso de las corrientes. Variedades de pinos tristes, reales o prietos que se desflecaban entre el ulular del frío. Cedros negros, encinas centenarias aferradas a los declives, ramajes tras los que se ocultaban venados, onzas, zorras y coyotes; hierbazales y piedras que servían de escondite a lagartijas y ardillas, mientras allá arriba se enseñoreaban águilas y gavilanes. A lo lejos vio el vuelo plano de los zopilotes. Un aire helado pasó hiriendo los follajes y clavó sus agujas en su cuerpo desprotegido. Tiritó. El aire olía a pino, los ventarrones untaban contra las mejillas los cabellos sueltos. Sierra inhóspita y bosque tembloroso en que Tukari Temai caminaba sin rumbo por el devastado paisaje de su conciencia.

—Esta mano se me va a secar, este pie se me hará chueco, voy a tener la boca torcida. Se me va a enflacar la mitad del cuerpo, me voy a quedar rengo como le pasó a Mautiwaki —dijo tocándose cada parte que se le deformaría.

«Hijo, cuando le prometas a Tatutzima que no agarrarás mujer, cúmplele. Los abuelos exigen que uno obedezca. Ya comprometido, cuídate, porque hasta pensar en ellas es malo. Si no aguantas, te va a pasar como a Mautiwaki, que prometió no tocar mujer y después se encontró en el camino a Irumari, la engañosa, la que se mete con todos. La vio bonita, por más que quiso no se pudo aguantar y la tumbó. Esa noche soñó que Kauyumari lo agarraba a patadas y despertó adolorido. Con los días se fue poniendo malo. Luego un pie, un brazo y media cara se le tulleron. Quedó chueco y nunca se compuso. No dejes que una mujer te pierda. Si te ruega y quiere que la tumbes, hazte el desentendido».

Qué tarde recordó los consejos paternos. Entre las elevadas crestas aguardaba el castigo. Cada mañana se palpaba piernas, brazos y la cara para comprobar que la sangre y la vida corrían por su cuerpo igual de libres que el día anterior.

—Aquí me quedo hasta que me enchueque, ya cuando esté tullido me meto en una cueva, que piensen que me morí y nunca sepan. Los que van a ir a Wirikuta me han de andar buscando porque iba a guiarlos. Cómo bajo, cómo hablo con Takakaima si ya les quedé mal —decía desesperado. La angustia lo mantenía quieto, pensativo, mirando sin ver el verde paisaje.

Desde joven sabía que Irumari estaba condenada a vagar por los caminos y si encontraba a un hombre solo, se valía de su belleza para hacerlo caer en la trampa. De pronto un escalofrío se le clavó en la nuca: la que perdía a los hombres estaba ahí, Tukari Temai la presentía. Su corazón latió alocadamente. Después de la entrega, Irumari se quitaría la máscara para que le viera el cráneo desnudo. No, no eran trinos, no cantaban los pájaros, era ella, ella y sus carcajadas que se multiplicaban entre los altos árboles del bosque. Irumari, la que avanzaba como una exhalación, lo estaba llamando. Sí, había una mujer recargada en un pino, sonriendo, haciéndole señas para que la siguiera, su blanco vestido pretendía confundirse con la niebla. Huyó aterrorizado mientras una risa femenina lo seguía ladera abajo. Los miedos bullían por su alma mientras corría empavorecido.

A lo lejos distinguió el caserío. Y… ¿si en lugar de Urima, la mujer del río fuera Irumari? Sólo ella sería capaz de hacerle romper una promesa tan firme. El mal espíritu pudo haberse puesto las ropas de la muchacha para engañarlo. Muchas ideas pasaban al mismo tiempo por la cabeza del cantador. Sí, Urima estaba en la casa cuando Irumari se le apareció en el río, Urima no tenía culpas, ella ni siquiera imaginaba lo sucedido.

Se sintió indigno ante sus dioses; había echado a perder la opinión que tenían de él. Estarían tristes, platicando que Tukari Temai ya no era el obediente y buen *maraakame* que ellos conocieron, sino alguien que se dejaba llevar por sus pasiones. Le dolía el error. ¿Por qué no pudo aguantar sus deseos? ¿De qué valió que el león, el venado y la serpiente lo hubieran escogido desde niño para *maraakame*, si unas caderas de mujer lo embrutecían de esa manera?

Pensó en su hijo el más pequeño, en Aguayuabi, que se le parecía mucho y era muy inquieto. Desde niño quería saber, preguntaba, y últimamente decía que él iba a ser *maraakame* como su padre. Tenía nueve años y ya pedía que lo llevara a Teakata, a Tatei Matinieri, a todos los lugares que se visitaban cinco veces para convertirse en cantador y curandero. Tukari Temai se sentía indigno ante sus deidades, pero podría dejar de curar y de cantar para dedicarse a Aguayuabi. Sí, lo orientaría para que fuera buen *maraakame*, le regalaría todos los secretos que recibió de Jaimana Tineika... Respiró profundo, sentía satisfacción por tener un hijo como Aguayuabi. Cuerno azul: eso quería decir su nombre, cuerno azul como los del venado Kauyumari, el hermano mayor. Quizá los protectores lo habían elegido para cantador desde antes de su nacimiento, por eso al oírlo dar el primer grito cerró los ojos y una voz en su oído dijo que el nombre de ese niño debía ser Aguayuabi. Pensar en esto lo tranquilizo, lo hizo olvidar su vergüenza y arrepentimiento.

Estaba frente a su casa y decidió entrar, asumir sus responsabilidades como Tatewarí maraakame. Iría por última vez a Wirikuta, a Teacata, a Aramara, a los sitios sagrados para despedirse de los dioses, agradecer los poderes que le dieron y después regresarlos. Luego se dedicaría a preparar a su hijo Aguayuabi.

—¡Hasta que llegas! Los que van a ir contigo a Wirikuta se estaban desanimando. Yo les dije que fabricaran la ofrenda y platicaran cosas sagradas, que tú eras así, que a veces te perdías por tiempos, que de seguro andabas por Teakata, hablando con Tatutzima. Me hicieron caso y ya casi está todo listo —le dijo Turirí con una sonrisa. Urima lo miró con desprecio. Tukari Temai comprobó que los chiquihuites con la ofrenda y provisiones estaban casi llenos.

Días después los peregrinos tomaron su último baño ritual. El *maraakame* y guía se despidió de sus dos mujeres y sin mirarlas a los ojos les encargó la casa, los hijos y los rezos.

Funestos pensamientos invadían su conciencia endureciéndole los pasos. Si en el camino ocurría algún accidente, él y sólo él, sería el responsable. De noche, las veredas tomaban el oscuro color de los malos augurios. Alrededor del fuego y confiados en su guía, descansaban los peregrinos; dormían plácidamente, sabedores de la protección de los bisabuelos y de que Tukari Temai, su *Tatewarí maraakame*, estaría despierto, ahuyentando espíritus malignos y animales peligrosos. Dormían tan tranquilos, que eso también representó una culpa para el atormentado corazón del cantador.

—Descánsate, mi abuelo, yo vigilo mientras. Hace días que ni duermes ni comes. Sabemos que es tu obligación, que llevas cargados nuestros espíritus sobre los hombros, pero siento que te vas castigando de más. Ten en paz tu corazón, eres uno de nuestros mejores *maraakate* y todos lo sabemos —le dijo su ayudante y Tukari Temai bajó los ojos por miedo a que los errores se le reflejaran en las pupilas.

El sueño no acudió a calmarlo. Estaba arrepentido de no haber confesado su culpa en la ceremonia de purificación realizada hacía poco, consideró que era mejor así, pues los peregrinos, al escuchar que había roto la promesa de castidad, se sentirían en manos de malos espíritus y ese pavor podría provocar un accidente. Que creyeran que estaba limpio, que confiaran en él, aunque perdiera la última oportunidad de purificarse. Por eso iba haciendo una penitencia secreta. Ante Tatewarí, el abuelo Fuego, prometió tomar el mínimo de alimento y descanso. Seguiría cumpliéndolo aunque sintiera que las piernas le temblaban y los ojos le ardieran. Estaba seguro de que media tortilla, un trago de agua y una hora de sueño al día, conmoverían a los abuelos y olvidarían su falta.

Wirikuta, la tierra luminosa, los aguardaba tendida sobre matorrales secos. Terreno árido en el que se confundían espinas, cal, herbazales y tierra anémica. Entre el paisaje sediento se ocultaba el peyote y los ojos avizores del *maraakame* pretendían descubrirlo. Pero el peyote-maíz-venado, el divino luminoso, no estaba en los sitios que él señalaba. Los peregrinos se miraban con extrañeza: nunca Tukari Temai había señalado en vano. El día fue infructuoso, pareciera que los cactos se divertían jugando con él a las escondidas. Cuando por fin encontró uno se acercó con prisa a dispararle.

—¡Espera, mi abuelo, acuérdate que primero debes cercarlo con cuatro flechas, hasta la quinta puedes partirle el corazón —le advirtió su ayudante. Tukari Temai se reprochó íntimamente el error, e intentó concentrarse en la ceremonia.

«Hijo, si vas sucio a Wirikuta, Tatutzima se enoja mucho y esconde el *híkuri*. No lo encuentras ni aunque lo busques todo el día, ni aunque lleves detenido entre los dientes el tabaco sagrado, porque el tabaco macuche tampoco quiere guiarte. Si lo hallas y lo muerdes te volverás loco, gritarás encuerado, correrás a un voladero dónde aventarte».

A la mañana siguiente, los cazadores reanudaron la búsqueda. La cosecha fue exigua, en dos días lograron llenar una tercera parte de los canastos. Todos estaban ávidos de conocer su vida a través del peyote, pero sabían que era necesario llevar el suficiente para las fiestas de todo el año y racionaron el encontrado. Intuyeron que los dioses los estaban castigando porque uno de ellos iba impuro.

Sabiéndose pecador, Tukari Temai no deseaba sumergirse en el mundo de sus dioses, él sólo estaba ahí para despedirse. Mordió con miedo la pulpa amarga del peyote sin permitir que éste dominara por completo sus sentidos; precisaba estar alerta… Aún así sintió que los colores y las forman germinaban dentro de su cuerpo. Se quedó acuclillado mientras su alma contemplaba un universo cambiante y frágil. Estaba inmerso en el mundo luminoso cuando miedos y pecados hicieron que aparecieran las siluetas de un venado, un león y una serpiente. Kauyumari, Mayé y Rainú, avanzaron hasta quedar de frente a sus ojos. Lo miraron sin hablar, con gesto amenazante. Él intentó aclarar las cosas, decir que sólo iba a despedirse, a agradecerles, pero sus labios no tenían palabras. Los tres guías se alejaron y él los siguió. A gritos confesó que por Urima había roto su promesa de abstinencia, que no dijo la verdad en la ceremonia de purificación, que llegó sucio al lugar sagrado. Corrió internándose entre matorrales espinosos, cayó al suelo, lloró, se contorsionó de manera grotesca.

—¡Castíguenme, padres, mátenme, entiérrenme la gran espina con que torturan a los *tragagente* y chamúsquenme: soy dañero! —gritó.

—¡Apacíguate *maraakame*, nadie te sigue! ¡Andas corriendo como loco y te vas a caer a un voladero! —lo jaloneó su ayudante, despertándolo.

Tukari Temai abrió los ojos, frente a él estaban todos los peregrinos con el horror en la mirada. Sintió frío y hasta entonces se dio cuenta de que estaba desnudo. No recordaba a qué horas se había quitado la ropa.

De regreso nadie hablaba, pero en los ojos de los peyoteros podía verse el reproche y el miedo. De modo que el impuro era el que representaba a *Tatewarí maraakame*… Cómo pudo burlarse de todos… Temerosos, intuían que el hachazo del infortunio caería sobre sus cabezas. Acechaban los malos espíritus y Tatutzima y Tateteima los habían dejado a su suerte. Alguien iba a morir y esa certidumbre los estremecía. Nada podían contra los designios sagrados, y se aferraban a sus recuerdos como despidiéndose del mundo. Regresaban con pasos azorados, estaban en riesgo de desbarrancarse, eran presa fácil de los alacranes y lobos. Un mal aire ululaba en las barrancas.

De noche cantó una lechuza en la rama de una encina: *Ikurri... ratiikú...* que viene una desgracia... *ikurri... ratiikú...* que ya llegó la muerte.

¿Fue la superstición la que llamó a la adversidad? Tukari Temai no pudo evitar que uno de los peregrinos rodara al fondo de un precipicio y sólo detuviera su caída un guijarro enorme que le desbarató la cabeza. El cuerpo quedó colgando lo mismo que un trapo. Insistía en recobrar el cadáver para enterrarlo como lo merecía un cazador de *híkuri* y nadie lo auxilió. Todos se quedaron sentados al borde de la barranca mientras él bajaba y subía trabajosamente, cargando los despojos, llenos de tierra y sangre.

Las malas noticias volaron. Muchos ojos espiaron al grupo que al regresar se instaló en el *tukipa* de la comunidad. Eran intocables porque al morder el *híkuri* en Wirikuta quedaron sagrados. Durante semanas el resentimiento flotó en el aire. Una mujer se acercó más de la cuenta al *tukipa* y se puso a llorar apoyada en el hombro de uno de sus hijos: era la viuda.

Después de la fiesta del maíz tostado, todos saludaron a los peyoteros que habían dejado de ser sagrados, pero a Tukari Temai nadie le dirigió la palabra. Turirí y sus hijos fueron los únicos que se atrevieron a acercársele. Él buscó a Urima entre el gentío. No la encontró y no quiso preguntar por ella, estaba seguro de que ya se había marchado.

El tiempo pasó sin que solicitaran sus servicios de cantador o curandero. Tukari Temai buscó el silencio y la soledad que imperaban en el monte. Permanecía horas sentado en una piedra. Muchos pensaron que se estaba preparando para ser *tragagente* y cantar mal y lo rehuyeron más.

Turirí no creía que un hombre como su marido hubiera quebrado su promesa de castidad por una mujer como Urima. ¿Por qué alguien así lo hacía olvidar sus responsabilidades con los dioses? Ella, que tuvo que soportar meses de abandono y abstinencia debido a los deberes del *maraakame*, se sintió ofendida y prometió no volver a dirigirle la palabra. Pero había tanta tristeza en los ojos de su esposo, tanto arrepentimiento en sus manos al hacer ofrenda, que, sin notarlo, se convirtió en su aliada, en su defensora, en la que justificaba todos los actos de un hombre que, inmóvil, sentado en alguna piedra, se perdía en angustiosos recuerdos.

DESPEÑADERO

Estaba observando los nubarrones que ennegrecían la tarde y hacían pesado el aire, cuando vio llegar a Urima acompañada de su padre. El corazón brincó ante la alegría y la sorpresa. Corrió a alcanzarlos, se apresuró a ofrecerles el techo de zacatal y los colmó de atenciones.

Sentado cómodamente, el suegro le reclamó el abandono en que tenía a su hija, pese a que ella estaba embarazada. Tukari Temai no supo qué responder, miró a Urima de cuerpo entero y se sorprendió de lo avanzado de la gravidez.

—Ya mero nace el *nunutzi ukí* y mi padre no quiere cargar con los dos, es tu compromiso, para eso te venimos a ver —murmuró Urima bajando los ojos.

El suegro desvió la mirada, la colgó en las nubes oscuras y gordas que avanzaban con pesadez. Le costaba trabajo encontrar las palabras.

—Nunca estaré conforme de que *enhechizaras* a Urima, pero la panzoneaste y ya ni modo. Si no la quieres me la llevo, nomás le regalas dos vacas para que se pague la sangre que va a perder cuando nazca el *nunutzi*. Es el costumbre, si no pagas me quejo con el *itzukame*.

—No sabía de ella… como nomás así se fue —alcanzó a decir.

—Te haces tonto, si ella no se fue, bien que la corrió tu otra vieja cuando andabas de peregrino. ¿No te ha contado lo que pasó? Se agarraron de las greñas y aquella echó a ésta. Pensamos que ibas a ir a vernos… Nomás estirábamos el pescuezo y nada que te aparecías, por eso venimos a ver qué hacemos.

Tukari Temai salía de una sorpresa y entraba a otra. Todos esos meses había extrañado a Urima hasta desesperarse. Cuando vigilaba el Este para ver llegar las nubes, sin querer, escudriñaba la vereda que conducía al rancho de ella. Por las tardes, mientras caía la lluvia mansa, se quedaba en el *karretune* para añorarla con notas de violín. Ahora sabía que no se fue, que la corrió Turirí, y una alegría inmensa desquiciaba el ritmo de su corazón. Sintió ternura por el abultado vientre en el que Tatei Niwetukame, la gran madre huichola, estaba tejiendo un hijo de ambos.

—Pasa, Urima, aquella no está, fue a ayudar a su hermana que anda mala. Eres mi mujer y traes un hijo mío, quédate, yo me hago cargo del *nunutzi*.

El suegro platicó horas y ya anocheciendo se despidió. Urima se acurrucó en los brazos del marido y se durmió dulcemente.

Cuando Turirí regresó al día siguiente, encontró a Urima haciendo tortillas.

—¡Qué hace esta *yeegua* usando mi comal y mi metate! ¡Quién la trajo!

—¡Yo!, ¡ella también es mi mujer! ¡Nunca me contaste que se pelearon!

—¡Despierta de una vez! ¡El *nunutzi* que le va a nacer no es tuyo…! ¡No se fue, yo la corrí por *yeegua!* Cuando andabas en Wirikuta, en vez de pedir por ti, ésta se iba al río dizque a lavar los trapos. ¡Fui a alcanzarla y me la hallé con un hombre encima! —gritó Turirí llena de indignación.

—¡Habladora! ¡Alegas cosas que no! Usted me tienes coraje —se defendió Urima.

—¡Desgraciada…! ¿No te hallé queriéndote con otro? ¡Sabes que digo verdades y te haces la tonta! Dile que el hijo que traes atorado es del que te estaba amansando. ¡Anda, dile a mi marido que…!

—¡No nomás es tu marido, yo también soy su mujer y me voy a quedar aquí aunque te arda!

—Eres mala, pero ya pagarás con ese hijo, *yeegua rapí* caliente —sentenció Turirí.

Tukari Temai ya no quiso escuchar más, abrazó a Urima y ambos se alejaron. Turirí se sentó a llorar.

La duda iba y venía prendida del raudo ventarrón de la noche. Tukari Temai se resistía a aceptar verdades dolorosas y concluyó que el hijo era suyo. A Turirí le molestaba el collar de mazos de chaquira color azul encendido que, torcido en hilos, adornaba el cuello de la muchacha. Era el que ella había rechazado pensando que el marido no debía gastar tanto. De haber sabido que se lo iba a regalar a Urima, se lo habría quedado sin remordimientos. Urima seguía esperando, fatigada por la inminente maternidad.

Tukari Temai se fue al monte antes de que el llanto del recién nacido llenara la casa. Sentía temor de odiarlo así de pequeñito; recelo de encontrar en la cara diminuta los rasgos del joven pescador. Regresó hasta que se sintió capaz de afrontar la situación. Aceptaría a ese niño fuera o no hijo suyo: para quererlo sólo bastaba saber que era de Urima.

El pequeño Tsínari creció entre risas y mimos. Turirí olvidó sus rencores y jugueteaba con él. Urima ya no buscaba pescadores y se quedaba en la casa para cuidarlo. Tsínari caminaba torpemente, se escondía, desaparecía tras los árboles para aparecer donde menos se le esperaba. Tsínari reía y las bocas de los demás se llenaban de risas; gemía, y las frentes se untaban de preocupación. Todo aparentaba una felicidad que solamente oscurecía el hecho de que Tukari Temai ya no tenía prestigio como *maraakame* y muy pocos solicitaban sus servicios. Él, ajeno a la contrariedad, iba a cuevas y lugares sagrados, cuidaba el sembradío, obtenía piezas de caza, y en las tardes platicaba con su hijo Aguayuabi sobre los dioses, sobre la manera de darles ofrenda y la forma en que Tatei Nakawé había creado el mundo. Hacía meses que rechazaba la sal y para desagraviar a Tatewarí, el abuelo Fuego, se abstenía lo más posible de tomar agua.

Una ocasión el calor se recargó en la transparencia del mediodía quemante. Tukari Temai escuchó a lo lejos el rumor del río y su mente se llenó de sed. Tomó una pequeña jícara que apenas contenía un sorbo y aproximó la boca temblorosa para sólo besar el agua con labios secos. La humedad apenas pudo mojarle la lengua, tocó el paladar y se encauzó en la garganta; frescura pequeñísima que no contrarrestó la incandescencia de las entrañas. Algunas veces, cuando sus hijos regresaban del río con bules llenos, él sentía ganas de arrebatárselos, colocar la abertura sobre su rostro y abrir una boca enorme para que el agua al fin recorriera su garganta y se metiera a todo su cuerpo. El recuerdo de su promesa lo detenía, prolongaba el sacrificio con que buscaba acabar los resentimientos. Sus ayunos harían que Tatewarí ardiera sin iras dentro del *ríriki* y Kauyumari, Mayé y Rainú, sus protectores, dejaran otra vez consejos y sabiduría dentro de sus oídos.

La mala fama fue quedando atrás, muchos se dieron cuenta de sus sacrificios y volvieron a mirarlo con respeto. Él no perdió oportunidad de demostrar su afán de servicio y acudía con prontitud a cualquier llamado. Llevaba ya algunas curaciones afortunadas. Había hecho a un lado el formulismo de que los mejores *maraakate* esperan cinco días para decir si el enfermo sanará o no, y se comprometía a curar, asegurando de inmediato el restablecimiento del enfermo.

—Mi abuelo, ¿hoy también despertaste? —saludó de acuerdo a la costumbre una voz de mujer desde el resquicio sin puerta. Estaba amaneciendo y su figura se recortó borrosamente en el umbral.

—Sí, también hoy he despertado —contestó Tukari Temai incorporándose.

—Durante todo el camino me vine acordando que fuiste dado para curar, tus consejos y tus cantos nos alivian —insistió la mujer en el costumbre.

—Al cabo así es, ¿puedo ayudarte?

—Mi hijo, el más chico, está malo… Hace rato lo picó un alacrán que estaba abajo del *tapeixtle*. Quién sabe por qué nuestros abuelos nos castigan —se quejó ella. Tukari Temai conocía la canción para curar piquetes de alacrán.

—Vamos a tu casa —dijo al tiempo que tomaba su *takuatzi Kauyumari*.

El veneno viajaba ya en el cauce rumoroso de las venas del niño. Tukari Temai pidió que lo dejaran solo. Concentrado, levantó los *muvieris* para saludar a los cinco rumbos del mundo, solicitando a los protectores que le permitieran curar. Empezó a sentir un fuerte hormigueo en los dedos y dio por hecho que el poder de los sagrados ya se encontraba en sus manos. Satisfecho, mordió peyote, y con una navaja de obsidiana cortó la piel en el sitio del piquete. Chupó y escupió en la lumbre lo que quedaba del veneno, pero no logró reanimar al niño que, engarrotado, apenas respiraba. Creía en la fuerza de su voz, en los sonidos vocales que inducían al trance y llamaban a los dioses para unir con ellos su energía:

Lugar lleno de piedras,
árboles del alacrán,
hojas de las mazorcas,
manojos de zacate,
donde quiera que te metas,
alacrán rojo, amarillo, negro,
encontraré tus escondijos.

Su voz retumbó mientras cantaba cinco veces la invocación que en uno de sus viajes a Wirikuta le había enseñado Kauyumari, sentía la vibración en su cuerpo, su canción de poder atacaría directamente a los alacranes y haría que el veneno perdiera fuerza. El niño continuaba ahogándose, murmuró una vocal y la dejó vibrar en los labios, luego le puso las manos en la garganta. Ya antes se había enfrentado a una situación parecida y el picado de alacrán sanó; esta vez también podría hacerlo, estaba seguro. Quizá el padre Sol había ordenado al animal que picara al muchacho pero, ¿por qué? Buscando averiguarlo colocó a los pies del enfermo un espejo *nearika* y lo observó detenidamente, esperando ver cuál era la ofensa hecha a Tayau. Poco a poco empezó a formarse una figura, era la serpiente Rainú.

—No lo cures, déjalo que se muera —le ordenó. Tukari Temai creyó que había escuchado mal.

—No lo cures, obedéceme. —La orden era clara, tajante—. El padre de este muchacho nos ofendió. Borracho, dijo que el *híkuri* no sirve, que es mejor el árbol del viento; que él creía más en Kieri Téwiyari, que en Tatutzima, Tateteima y Tamatzima. Dijo eso y no se ha arrepentido, no ha llevado ofrendas para disculparse, se porta como hechicero y debe ser castigado. Ahorita no está, pero queremos que cuando regrese encuentre a su hijo muerto.

La imagen desapareció del *nearika*. Tukari Temai no sabía qué hacer: si dejaba morir al niño aumentaría su mala fama y volverían a decirle *tragagente*; si lo salvaba se indispondría otra vez con sus protectores, que parecían haberlo perdonado. Durante un rato luchó contra sus principios; al final, dejó morir al niño.

—¡Ya mataste a mi hijo! ¡Me dijeron que no fuera a buscarte, pero no hallé otro cantador y por eso te traje! ¡Por tu boca no hablan los bisabuelos, sino lobos, zorros y lechuzas! Lárgate *maraakame tiyuki auheya*, lárgate, maldito brujo *tragagente*! —gritó la mujer entre sollozos.

Sin decir una palabra, Tukari Temai regresó a su casa.

La mala fama volvió a golpearlo. En el entierro, el nombre de Tukari Temai iba y venía envuelto en maldiciones y temores. Noches después lo despertó el ladrido furioso de sus perros. Al asomarse distinguió una silueta que armada de un palo amenazaba a los animales.

—¡Te van a morder, no los cuques, están impuestos a que me busquen a deshoras!

—No vine a saludarte, maldito *tragagente*, ya supe que tienes agarrado a mi padre y que le piensas sorber la vida.

—¿Quién dice eso? No soy *tragagente*, a nadie tengo agarrado, si no te conozco a ti, menos a tu padre.

—Me lo dijo otro cantador. Él vio que te lo estás acabando con mal de venado.

—¡Dime quién me echa la culpa!

—No soy tarugo, si te doy su nombre te desquitas.

—Muchos que no saben curar le echan la culpa a otros para que no les reclamen. Yo sé curar mal de venado, vamos a ver a tu padre y verás que lo salvo.

—Cabrón, ¿a poco crees que te voy a llevar a mi casa? Suelta a mi padre para que se componga.

—No lo tengo agarrado.

—Te haces pendejo, el cantador que te digo hizo brillar sus plumas y vio cómo lo enfermaste. Una noche, cuando estábamos dormidos, fuiste a la casa, le abriste la boca a mi padre y le metiste un pelo de venado con hechizo. Él despertó con tos y desde entonces se la pasa tosiendo porque no puede escupir lo que le echaste. Lo tienes escupiendo gargajos pintos y cuajarones colorados. Ese pelo, a tanto atorarse en su gaznate, ya hizo un grano que está creciendo, cuando ya no aguante se va a morir. Suéltalo, no te empiques como *tragagente,* si se muere, la pagas con uno de tus hijos.

—*Deveras* que ni sé de quién me hablas…

—Estás advertido, *maraakame tiyuki auheya*…

Tiempo después recibió otra visita:

—Maldito cantador, nos dijeron que te acabaste a un viejito a puro mal de venado. Eres dañero, tú has de haber matado a mi hermano. Estaba *buenisano* y nomás porque sí empezó a toser hasta que no aguantó. Nos dijeron que un brujo metió su alma en un bule y sopló humo allí dentro. Mi hermano murió hogado por el humaderón… Para mí que tú fuiste.

Tukari Temai empezó a ser culpado de todo lo malo que sucedía en los alrededores:

—Alguno me robó dos toros: ya los busqué y no están. En tu corral hay un toro manchado que se parece al mío. Aparte de *tragagente* eres ratero, ¡cabrón!

Le imputaron todos los males. Coincidía su delgadez extrema provocada por los ayunos, con la creencia de que los hechiceros pasan día y noche cantándole a Kieri Téwillari para que les de malos poderes, olvidándose hasta de comer. Empezaron a temerle, a saludarlo donde lo vieran para que no les hiciera daño. Las desgracias se instalaron en los sitios cercanos y su imagen de cantador bien intencionado desapareció. Él los ignoraba y seguía con peregrinaciones y ofrendas.

HACEDOR DE LLUVIAS

LA ÉPOCA DE LLUVIAS TERMINÓ, las hierbas se volvieron amarillas y en pocas semanas estaban secas, el verde exuberante se marchitó con el calor torrencial. Después de la cosecha los sembradíos se convirtieron en breñales pardos y sedientos, pero a nadie preocupó el cambio, porque eso era lo acostumbrado en la eterna guerra entre las madres de la lluvia y el padre Sol.

Meses después, los huicholes prepararon los suelos para la siembra, quitaron los rastrojos, rociaron con sangre de pescado los sembradíos que se escalonaban en las barrancas, y esperaron las tormentas. Con los primeros chubascos enterrarían una y otra vez la coa para ablandar el lecho de las semillas. Pero el mes de mayo estaba por terminar sin que se aminorara la sed de Tatei Yurianaka, la madre Tierra, que se tendía extenuada, mostrando un rostro polvoriento. Tayau, el padre sol, se solazaba quemando con sus rayos las pocas hierbas sobrevivientes.

Horizontes anémicos, plantas desmayadas sobre las laderas, arroyos que soportaban el estiaje mostrando a la mitad de su seno aguas que corrían sin ganas y se evaporaban al lamer piedras ardientes. Polvo, sed, aridez, días en que las nubes ni siquiera asomaron su rostro esponjoso, para no propiciar alguna esperanza.

Llegó junio y la situación fue preocupante. Tukari Temai pedía lluvias cada amanecer, e invariablemente su petición era acallada con la alharaca de los pájaros. Ya estaban las parvadas listas para hacer alboroto y ayudar a que el sol trepara las escaleras del cielo. Días y días de calor insoportable. ¿Hasta cuándo Aramara, la madre del mar, iba a acordarse de sus hijos? ¿Hasta cuándo haría crecer la espuma del océano para que se elevara, y en forma de nube llegara a los manantiales de Tatei Matinieri? ¿Hasta cuándo las madres del agua darían a las nubes órdenes de volar hacia la sierra? Algunas se dejaban arrastrar por el aire y cuando parecían a punto de reventar, se seguían de largo. La región se moría de sed y sus moradores hacían una fiesta tras otra para solicitar lluvias.

—*Ne tei*, madrecitas de las nubes, ya manden sus culebras de agua, déjenlas nacer entre el choque de nubarrones, déjenlas aluzar el cielo como víboras de luz que son, permitan que sacudan los montes con su tronido. Madrecitas, que sus nubes vengan a desbaratarse aquí, que llenen de aguaceros esta tierra que sufre calenturas —rogaba Tukari Temai.

A finales de junio seguía sin llover. Él y su familia decidieron hacer una fiesta de petición de agua. Prepararían flechas que pidieran tormentas y truenos por medio de muescas zigzagueantes talladas en sus carrizos, también jícaras verdiazules con figuras de serpientes, repletas de bolitas de algodón que representaban nubes. Junto a un risco Tukari Temai estaba tallando puntas de madera para insertarlas en carrizos y formar flechas, cuando lo sorprendieron unas voces. Era un grupo de hombres con el rostro cubierto con paliacates.

—Cantador, cuando nos sentamos a palabrear, salen a relucir tus mañas, sabemos que te hiciste hechicero porque Tatutzima ya no te quiere.

—Tienes poder y ningún *maraakame* puede contra tu mala magia. Muchos cantan y no consiguen que llueva.

—Nomás te hiciste brujo y te dio por detener el agua.

—Ves que viene una nube y le soplas para que se vaya. La gente te echa la culpa de la seca.

—Dicen que *hicites* un *nierika* donde *pintastes* a Tukakame y las nubes se asustan nomás de mirarlo.

—Rompe ese *nierika*…

—Queremos que sueltes las nubes que tienes agarradas.

—Pendejo, si amarras el agua, también se perjudican tus milpas.

—No tengo que ver con eso, yo también pido lluvias, para eso estoy haciendo estas flechas —aclaró Tukari Temai, mostrándoles las puntas.

—Tienes de aquí a mañana para que llueva, si no, vas a saber con quién te pusiste —advirtió uno de los embozados.

Al día siguiente, cuando fue junto a lo que quedaba del arroyo para ver a dos toros que dejó pastando, los encontró muertos, heridos en la yugular y recostados sobre un charco de sangre seca. Tenía pensado sacrificarlos en su fiesta de petición de lluvias.

No podía fallarle a los dioses. Compró otro toro, le adornó los cuernos con flores, en la forma en que ordenaban las costumbres y realizó su fiesta. El *takuá* se llenó de bailadores que desde las orillas al centro venían a hacer una reverencia junto al animal maniatado y con las patas apuntando al Este. Apenas se insinuó el sol, saludó con sus *muvieris* los rumbos del mundo. Pidió permiso a Tatewarí y con el primer rayo de sol levantó el puñal del sacrificio y lo hundió en la garganta del animal. Manos de mujer colocaron jícaras para recoger la sangre con la que asperjaron ofrendas. El baile continuó monótono y reverencial.

Hizo la fiesta convencido de que gruesos goterones iban a interrumpirla; que la tormenta rugiría impetuosa e incontrolable, los relámpagos alegrarían los oídos y por el suelo reseco correrían los arroyos… Pero no llovió. No llovió a pesar de que cantó cinco veces las historias y llenó sus *muvieris* con espejitos para deslumbrar a las nubes y atraerlas y acompañó los ruegos con llanto ritual, lágrimas adiestradas para salir en el momento oportuno para convencer a deidades esquivas. No se vino abajo el cielo ni con la sangre del toro, ni con los bailes o los cansancios. Siguieron acumulándose días marchitos.

El calor era insoportable y el camino polvoriento. Por ese camino venía corriendo Urima. Gritaba, se caía y se incorporaba como si estuviera borracha. Traía al pequeño Tsínari en los brazos y llegó loca y despeinada ante el marido:

—Yo andaba cortando nopales ¡y unos! ¡Muchos… me atajaron por la barranca! Me arrebataron al *nunutzi ukí* y lo *horcaron* delante de mis ojos. ¡Me tenían *atilincada* mientras él se retorcía! ¡Lo soltaron hasta que dejó de patalear!

Sus palabras se estrellaron brutales en el entendimiento de Tukari Temai, que le arrebató al hijo, trató de escucharle el corazón y empezó a llorar al comprender que ya nada podía hacerse.

—¡Dicen que eres brujo, dicen que sabes mala magia… revive a Tsínari! ¡Válete de hechizos!, pide ayuda de zorros y lechuzas… ¡haz lo que quieras, pero revívelo!

Tukari Temai apretaba contra su pecho el cuerpecito desmadejado.

—¡Te digo que lo revivas!

Cubierto con una manta y flores, Tsínari yacía sobre un petate. Urima y Turirí no se cansaban de llorar. Tukari Temai aventó todas las dudas sobre si el chiquillo era o no su hijo: ahora sabía que era sangre de su sangre porque su muerte le ardía a mitad de los razonamientos. Era fruto de su carne porque su inmovilidad desesperaba. Esa criatura indefensa y pálida era su hijo y su muerte le incendiaba la sangre. En sueños, los abuelos le habían aconsejado que se llamara Tsínari: atole agrio, y eso era en ese momento, un atole muy agrio que había que tragar a la fuerza. El hijo dolía con una rabia capaz de hacerlo estampar una y otra vez el puño sobre el suelo duro y sobre la piedra que utilizaba para sentarse. Sus lágrimas corrían imitando lluvias ausentes. El pequeño Tsínari estaba muerto y era imposible entender que nunca más sus balbuceos bailarían por la casa, ni sus intentos por mantener el equilibrio provocarían las risotadas de todos. El desnudo pequeñín dejaría de esconderse tras de los árboles para salir sonriente, feliz de que no lo encontraran. Tsínari gateaba por la vereda de la muerte y de ahí nadie podía sacarlo.

—*Ne tei*, madrecita Tatei Nuwetukame, tú que pones el alma de los niños, y te encargas también de quitársela. Tú que los recibes cuando mueren, te encargo a este mi hijo, a este mi *nunutzi ukí* que tanto se reía —dijo en voz alta.

—¡Cállate! Ni lo revives ni has ido a buscar a los que lo *horcaron*, para nada sirves —reclamó Urima, enfurecida.

El reproche tenía más punta que una flecha de enfermedad, se le clavó en la conciencia y ahí se quedó, torturándolo. Urima ignoraba que él había ido a ver al *itzukame:* el hombre que llevaba la vara de mando e imponía el orden en la región. Urima no sabía que pidió justicia y el gobernador —a pesar de ser su amigo— se quedó callado, mirando su vara de mando adornada con listones, sin siquiera ordenar a los *tupirima* que buscaran a los asesinos. Ella desconocía que lo despidió sin ponerle una mano al hombro para acompañarlo en la desgracia.

—Alguien mató a tu *nunutzi ukí*. A lo mejor fueron los que dicen que tienes agarrada el agua y por eso no llueve. Cuando sueltes las nubes y llegue el agua, yo los voy a buscar para castigarlos —murmuró el *itzukame* como haciendo un trato, y luego se dio la vuelta.

Se regresó con la seguridad de que Tsínari sí era su hijo y su muerte era castigo de los dioses porque lo había concebido cuando no debía, cuando sus responsabilidades de *maraakame* le exigían una abstinencia absoluta. No le quedó ninguna duda de la paternidad ni de la culpa; él era el responsable de esa vida y de esa muerte; Tsínari, atole agrio, qué agrio beberse su ausencia. Al llegar a la casa miró al niño tendido, la carita que sobresalía entre las flores y parecía dormir, la desesperación hizo que sus puños sangraran al estrellarse contra la pared de adobe.

—En cuantito entierre a mi *nunutzi*, me voy. A qué sigo contigo si al cabo no te quiero, si al cabo lo que me tenía contigo era él. Por tu culpa, porque te encaprichaste a no soltar el agua lo mataron, *maraakame tiyuki auheya* —dijo Urima, buscando herir más a un hombre hecho pedazos.

Pasaron cuatro semanas y parecía que habían pasado años. El avejentado corazón de Tukari Temai cargaba la muerte de Tsínari y la ausencia de Urima. El niño estaba enterrado en la pared de una cueva y ella andaba lejos. Le llegaron rumores de que ya tenía marido.

—Dicen que agarró para la costa, que llevaba hombre nuevo —murmuró Turirí lastimándolo más.

La lluvia se negaba a llegar por más que Tukari Temai dejara ofrendas en las cuevas. Pretendía entrar a una en que habitaba Tatei Nakawé, la madre Creadora, cuando los embozados le salieron al encuentro.

—Brujo terco, ya te matamos dos toros y un hijo y ni así entiendes.

Tukari Temai se lanzó contra uno de ellos. Con dedos desesperados lo aferró de los cabellos y trató de derribarlo. Una lluvia de golpes y patadas le cayó encima. Sangrante de nariz y boca siguió escuchándolos.

—No te matamos porque se ocupa que hagas llover.

—Suelta el agua, cabrón.

—Tienes plazo de una semana, si no llueve el otro miércoles, se muere la mujer que te queda.

—Ni le digas quién sigue, déjalo que no sepa, a lo mejor le entiesamos otro hijo…

—¡O nos das la lluvia que te robaste, o qué! ¡A puros carajazos te vamos a pandear!

Regresó lleno de temores. Al ver a Turirí preparando la comida respiró aliviado.

—Ahí te buscan —le dijo ella señalando con la cabeza.

En el jacalón lo esperaba su tío Nihueme, un anciano que era *maraakame*. Quería hablarle a solas y ambos echaron a caminar rumbo a las barrancas.

—Dígame qué ocupa, tío.

—Nada ocupo. Nomás vengo a aconsejarte que de una vez te vuelvas brujo. Al cabo así es. Di que sí, empiezas los ayunos y luego luego nos vamos a unas cuevas. Allí hacemos *muvieris* con plumas de tecolotes y lechuzas, cantamos hechicerías y en lugar de comer *híkuri*, comemos del arbol *kieri*.

—Mi tío, yo fui pedido para cantar bien.

—¿Y qué sacas con eso? ¿No te acaban de horcar tu *ukí*? ¿No miras que el *itzukame* ni un dedo movió siquiera? La vida de los cantadores es así de trabajosa, cuando apenas te completas y estás joven, las gentes vienen a buscarte *pa* que los ayudes con sus fiestas y allí estás tú, sentado en la silla ceremonial, días y días, nomás cantando el costumbre, nomás oyendo lo que palabrea Tatutzima. En cuanto te haces viejo, por cualquier tarugada desconfían y empiezan con los cuentos de que eres brujo, que ya le chupaste el alma a no sé quién, que ya enfermaste a no sé cuántos. Vuélvete malo *deveras pa* que te tengan miedo. Dispárales flechas de mala *enfermedá*, atórales el alma *pa* que entiendan que contigo no pueden. Si ya después te matan pues ni lucha tiene, pero por lo mientras cuidas tu familia y te haces de toros y vacas.

—Mi tío, desde que yo era chico quise ser *maraakame*.

—¿*Crés* que yo no? Descuidé años mis mujeres y mis hijos por cumplir, igualito que tú. Nomás de viejo me falló una curada y empezaron los decires y las habladas… Les tuve miedo, yo no quería acabar horcado como el cantador de Temirikita, acuérdate que a ese lo dejaron campaneando de un mezquite… Por eso me hice malo y canto muertes. Lo saben y no me perjudican porque me tienen respeto.

—Mi tío… No nací para hechicero…

—*Tonces* nomás protégete: haz malas flechas y llévalas hasta el mar. Deben ser tres, la primera la encajas donde llega el agua de las olas, la segunda hasta donde llegue tu brazo dentro del agua y la tercera lo más hondo que puedas, vas a mirar cómo se mueren los que te están fregando.

—No quiero cargar muertes y no sé hacer malas flechas.

—Es fácil: metes una flecha chiquitita dentro de otra grande, se la llevas al Kieri Téwiyari y le dices: aquí te traigo una mala flecha, en la grande está un cabello del que quiero perjudicar, entierra la chiquita en el corazón del que te digo. Le das el nombre y ya. El Kieri Téwiyari te oye si rezas como hechicero o si pruebas mucho árbol del viento.

—Sé cómo se hacen, pero no quiero.

—¡Eres terco! Luego no digas que no te aconsejé, vas a querer ser brujo cuando te maten más hijos o te agarren y te quemen vivo. Me va a dar coraje verte difunto, pero allá tú —dijo el viejo Nihueme y se alejó disgustado.

No quería que mataran a Turirí, e intentó formulas desesperadas para provocar la lluvia, como esa, que le había contado su abuela cuando niño. Preparó chocolate en agua y salió de madrugada al patio, a aventarlo a jicarazos lo más arriba posible.

—Madres agua, ahorita que salen a caminar, ahorita que salen a dejar gotas de rocío en las yerbas, prueben este chocolate que desparramo en el aire, lo hice para ustedes porque me dijeron que les gusta.

Pedía al abuelo Fuego un consejo para atraer a las nubes cuando lo venció el cansancio y se quedó dormido. Soñó a unas culebras que llenaron bules de agua sagrada en los manantiales de Tatei Matinieri y los llevaron hasta Tatei Aramara, la madre del mar. Vaciaron entre las olas el agua que llevaban y volvieron a llenar sus bules para regresarse a Tatei Matinieri y regarla ahí. Las escuchó platicar, decir que ninguna de las dos aguas se sentiría a gusto en el lugar que la habían dejado e intentarían regresar a donde estaban, pero tendrían que pasar por la sierra en forma de nube. Allí iban a encontrarse, allí iban a chocar y a provocar la lluvia. Despertó exaltado. ¡Esa era la solución! Soñó víboras porque ellas son las acompañantes de las madres agua. Eso debía hacer. Tenía bules con agua sagrada de Tatei Matinieri, los llevaría hasta Tatei Aramara y soltaría el agua en el mar. Luego los volvería a llenar para llevar esa agua sagrada a Tatei Matinieri. Vio el inconveniente de la tardanza: llegar a los dos lugares le llevaría casi dos semanas y sólo contaba con dos días para hacer llover. No dejaba de pensar en nubes; nubes gordas y oscuras que dejaban caer su tesoro sobre tierras flacas.

Decidido, bajó a la ranchería y contó su propósito a los que encontró, con la esperanza de que los enemigos se enteraran del intento y alargaran el plazo. Cargado de bules llenos de agua salió rumbo a la costa.

Los pies apenas sostenían un cuerpo tambaleante. Un hombre exhausto venía por la vereda dando traspiés. Las nubes al fin se habían desgarrado convirtiendo en arroyos y ríos los caminos. El agua furiosa avanzaba entre rumores. La bruma se deshilachaba entre las ramas de los ciruelos y oscurecía aún más la piel morena de la tarde. ¡Estaba lloviendo! Los truenos se sucedían uno tras otro, retumbaban enérgicos al desplomarse en la profundidad de las barrancas y su grito estentóreo caía y rodaba como piedra estremeciendo el suelo. La tormenta recorría victoriosa los techos de zacate. ¡Llovía! ¡Estaba lloviendo! Y era hermoso levantar el rostro para sentir la frescura del triunfo. Tukari Temai, el hacedor de lluvias, regresaba a su casa colmado de satisfacción, hacía más de una semana que salió de Tatei Matinieri y las tempestades lo perseguían. Él olvidó cansancios y hambre para guiarlas hacia el caserío. Llegó con gritos de júbilo y fue recibido sin entusiasmo.

—¡Pude hacer llover! ¡Convencí a las nubes, Tateteima me escuchó!

—¡Mataron a Aguayuabi! ¡Mataron a nuestro hijo el más chiquito! ¿Me oyes? ¡Lo mataron! —alcanzó a gritar Turirí antes de enredarse en los sollozos.

—Padre, *ne yeu*, ya enterramos a nuestro hermano Aguayuabi y nos hiciste falta para guiarlo por el camino de la muerte, tú andabas quién sabe dónde, buscando lluvias —le informó una de sus hijas casadas—. Nos quejamos, le pedimos justicia al *itzukame* y dijo que es tu culpa —reprochó abrazando a la madre.

A Tukari Temai se le habían agotado las fuerzas y las emociones para llorar la noticia. La cabeza le dio vueltas, soltó las rodillas y cayó desmayado a la mitad del jacalón.

RENUNCIACIÓN

Con pasos tristes Tukari Temai recorrió sus propiedades: el jacalón grande donde colocaba el *itari* y los implementos que necesitaba en días de fiesta. Cuántas veces ese espacio se llenó de cantos, de chisporroteos, de historias que escucharon con atención los peyoteros que guiaba a Wirikuta año tras año.

Salió del cuarto y caminó hacia el *ríriki*, su lugar sagrado, el sitio que construyó con amor y respeto. A ese *ríriki* invitó a sus dioses, pidiéndoles que fueran sus guías, sus protectores, sus visitas. Ahí estaba desde el padre Sol hasta la madre Tierra, cada quien en su lugar, cada uno con sus ofrendas. Ahí estaba Kauyumari, al que representaba una gran cornamenta de venado. Fue en ese sitio donde realizó muchas de sus curaciones, ahí, un poco al centro, agonizó y murió su padre, el *maraakame* Jaimana Tineika.

Desde la puerta del *ríriki* miró los *karretune* en que vivía su familia: uno para cada hijo, distribuidos adecuadamente para dejar al centro el patio circular que funcionaba como patio ceremonial. Se estaba despidiendo, algo lo haría marcharse, lo sabía desde antes que despuntara el sol. Había soñado que se iba lejos, por una vereda nublada en la que acabó disolviéndose. ¿Soñó la vereda de la muerte? A ratos tenía esa certeza. La tarde anterior, al subir la barranca, escuchó el premonitorio canto de una lechuza. La lechuza y el tecolote cantan frente al que se va a morir, pensó, y sintió tristeza por su mujer y sus hijos, porque les tocaría llorar otra vez.

Junto al árbol en que Turirí hilaba cada tarde pensó en Aguayuabi, el hijo asesinado, en su ausencia. Aún le pesaba no haber podido encomendarlo a Tatei Niwetukame para que recibiera su alma en el mundo de los niños muertos. Lo recordó con sus nueve años de edad, con sus ojos vivarachos y alegres, sus preguntas sobre el *híkuri* y los dioses, los sueños de ser *maraakame*. La pérdida del hijo era otro mal presagio: Aguayuabi significaba cuerno azul, cuerno de Kauyumari, la sagrada Persona Venado. Aguayuabi se había ido y quizá también se fuera Kauyumari, su consejero, el guía que pensó en honrar toda su vida.

—*Maraakame*, vete *horita* que puedes. Vi que algunos se fueron a buscar al *itzukame*, van a pedirle que te castigue por ser brujo. Los *tupirima* no tardan en llegar —dijo un huichol joven que estaba escondido atrás de un árbol de mango y después de prevenirlo echó a correr.

Tukari Temai escuchó la advertencia como si se la dijeran a otra persona. No, él no iba a escapar, ¿para qué? *A lo mejor me chicotean, o me encierran en los cepos o me cuelgan de un mezquite. Aquí nomás los estaré esperando. Creen que soy dañero, ni modo, no voy a alegarles nada, que me maten y ya*, pensó.

Entró a su *karretune* y se puso sus mejores ropas, las mejor bordadas. Tomó su *takuatzi Kauyumari*, y también sus *muvieris* cargados de plumas y espejitos, quería que todos lo vieran como a un cantador que iba a una fiesta. Era *maraakame* y quería tener el gusto de morir así.

Los *tupirima* tardaban en llegar. Supuso que los acusadores no encontraban al *itzukame,* y se sentó a esperarlos. Una hora después pensó que era mejor que no lo detuvieran en su casa, para qué darle más sustos a Turirí y a los hijos. Caminó hacia los riscos, subió hasta encontrar un sitio desde donde podía ver lo que pasaba en el pueblo.

—Por ese camino van a venir —se dijo, y se sentó a esperar a que las cosas pasaran. Imaginó el momento de su juicio:

los viejos como autoridades, sentadas en los largos tablones húmedos, afuera de la casa de costumbres. El *itzukame* con su vara de mando, los *kawiteros* con los sueños que les regalan los dioses, los *maraakate* con sus *muvieris* de plumas de águila y guajolote, los cuidadores de las jícaras sagradas en silencio y los *tupirima* listos para aplicar el castigo. Junto al palo del enjuiciamiento él, y alrededor, temerosos y atentos, los miembros de la comunidad.

¿Por qué tardaban tanto los *tupirima*, si estaban acostumbrados a imponer el orden y detener infractores? Bastaba con que las autoridades dieran la orden, para que fueran tras el culpable, que debía estar quieto y respetuoso. No pensaba defenderse, los seguiría esperando.

Los quejosos llegaron con el gobernador, con el *itzukame*, encargado de mantener el orden en la comunidad. Él los vio entrar al largo jacalón de la casa de costumbres y les hizo una señal para que se sentaran. Ellos se acercaron a las paredes encaladas para acuclillarse y recargar la espalda sobre los adobes. Así estuvieron callados, con la cabeza baja, hasta que el gobernador les preguntó.

—¿A qué vinieron?

—*Itzukame*, venimos a quejarnos, venimos a decirte que Tukari Temai es brujo muy poderoso y nos perjudicó.

—¿Qué les hizo?

—Tuvo agarrada la lluvia y espantó a las nubes para que no lloviera por acá. Con eso causó la seca.

—Pero ya está lloviendo.

—Llueve después que la mitad de la siembra se secó. Por más que llueva, el *coamil* no se va a dar como debía.

—¿Cómo saben que él provocó la seca?

—Hay tres que lo vieron cantándole al Kieri Téwiyari, también miraron cuando le sopló a las nubes para que se fueran lejos.

—Yo vi que Tukari Temai hizo un *nierika* en que pintó a Tukakame, con muchos tigres y murciélagos, lo puso en medio monte, las nubes lo vieron, se espantaron y se fueron —acusó otro.

—Es brujo dañero, mete las almas en bules y luego avienta humo allí, *pa* que se *hogue* el que tiene agarrado.

—Sí, eso hizo con mi hermano. El pobre tosió mucho antes de morirse.

—¡Quítalo de cerca de nosotros! ¡Bórralo con tu *autoridá*!

—Es brujo, enredó la voluntad de Urima y se la trajo a vivir con él. Ella ni lo quería, en cuantito se aflojaron los hilos que la atoraban, se le fue.

—Es *tragagente*, les *suerbe* la vida a los que le llevan a curar.

—Mírale su poder: hasta que lo obligamos a que terminara la seca, nos regresó las nubes.

—Hay muchos que quieren matarlo, pero es delicado llenarse las manos con su sangre. Ya difunto puede venir a ponernos flechas de *enfermedá*, por eso queremos que tú decidas.

—Todo cambia si tú ordenas que lo borren. Será justicia y no desquite, así no regresará.

—Aquí hay más brujos, pero ninguno con el poder de Tukari Temai.

—¡Bórralo, bórralo!

—De noche se vuelve zorro y anda cerca de nuestras casas…

—¿Tú lo viste?

—¡Sí, lo vi!, le disparé y mi flecha lo atravesó sin hacerle nada.

—Bórralo, si no lo borras, serás culpable de las averías que cause.

El *itzukame* gobernador vaciló. En esos momentos le pesaba su bastón de mando. Tukari Temai era un amigo de muchos años y resultaba difícil creer las cosas que decían de él. ¿Cómo podía ayudarlo habiendo tantos que lo acusaban? Ahora que ya llovía pensaba ir a verlo, decirle que iba a averiguar quiénes habían matado a sus hijos para castigarlos. Miró a los que

esperaban su respuesta, traían miradas duras, rostros apreta-
dos, oídos expectantes. Consideró que nada podía hacer, si
tantos lo acusaban era porque sus maldades podían ser ciertas.
El miedo a equivocarse como *itzukame* y el respeto a las tra-
diciones lo ataban de manos. No había manera de ayudarlo,
Tukari Temai había labrado su desgracia.

—¡*Tupirima*, vayan por Tukari Temai y tráiganlo aquí!
—ordenó.

—Bisabuelos, padres, hermanos mayores, ¿me pasan estas
cosas porque también ustedes quieren que me borren? Si eso
buscan, ya ni qué hacerle, cuando vengan los *tupirima* voy a
dejar que me amarren. Desobedecí y eso los tiene enojados.
Muchos, en cuanto fallan, se mueren. Ustedes me disculpa-
ron un ratito, pero no están contentos con que siga vivo. El
árbol *kieri* y los arrayanes me volvieron maldito, hacen bien
en cerrar sus orejas a mis palabras —dijo Tukari Temai mirando hacia el camino.

Entendió lo inútiles que fueron sus esfuerzos por con-
servar a una mujer que igual que el aire, se siguió de largo.
Urima, Urima... Todavía le dolía ese nombre. Sacudió con
rabia la cabeza, no quería pensar en ella cuando lo mataran.
Escuchó un grito, levantó los ojos y encontró muy cerca a la
que llegaba corriendo.

—¡Dónde te metes...! ¡Desde *queaque* te ando buscando...! ¡Desde *queaque* me traes corriendo por todos lados...!
Las gentes que hablaron con el *itzukame* lo convencieron que
eres malo... ¡Los *tupirima* te quieren agarrar! Ya fueron a
buscarte a la casa, buscan borrarte —le informó Turirí con
voz quebrada por el esfuerzo y la angustia.

—Los estaba esperando...

—¿Y para qué los esperas? ¿Quieres que te acaben a chicotazos?, ¿que te metan a los cepos y te apergollen del pescuezo? ¿Buscas acabar colgado?

—¡Que me acaben de una vez! ¿No miras que traigo la salazón pegada al cuero? Voy a salarte a ti y a mis hijos…

—¡Vete, no los esperes!

—¡Para qué! ¡Ya quiero que me maten!

—¡Pero yo no! Andan un montón diciendo que causas males… pero yo sé que eres bueno, siempre has sido bueno…

—¿Y eso de qué me sirve?

—Vete: si te agarran ya no te sueltan. No quiero verte morir…

—Tú sabes que no soy brujo.

—Y qué con que lo sepa. Ni quién va a oír mis gritos cuando te estén colgando. ¡Ya vienen! ¡Yo sé que ya vienen! Mira, te traje un morral lleno de tortillas y pinole, también un bule con agua y el dinero que vive en la jícara.

—¿Sacaste ese dinero? ¡Eso te condena a ti también! ¿No sabes que es sagrado? ¡El dinero *kuruzri* sólo se agarra para comprar ofrenda a Tatutzima!

—Lo que sé es que no quiero que te maten…

—Ese dinero debe vivir en la jícara y no puede agarrarse. Regrésalo.

—Ese dinero es para que te vayas lejos, yo veré cómo lo repongo. Tatutzima tendrá ofrenda los días de fiesta.

—¡No puedo llevarme el dinero *kuruzri*…! Mejor me quedo para que se acabe todo. Al cabo me van a seguir…

—Puede que te busquen y que te maten, pero que no sea delante de mí ni de tus hijos. Compadécete, no hemos acabado de llorar la muerte de Aguayuabi y no queremos empezar a llorar la tuya. Vete, por favor vete —suplicó Turirí mientras le colgaba al hombro el morral y el bule de agua que le había traído.

—No…

—Agarra para la costa, de allí vete a cualquier lado donde te puedas esconder. Todos quieren borrarte, mejor bórrate tú solo. Si un día puedes regresar, aquí vas a hallarme… o no, mejor ya no vengas a que te dañen… o mejor sí, para verte y platicar… Ya ni sé lo que quiero: tú haz lo que veas mejor, lo que los dioses te permitan —dijo Turirí antes de desbaratarse en llanto.

Tukari Temai, conmovido, la abrazó. Ella se aferró a su cuerpo. Temblaba.

—Ya se me abrió el entendimiento, ya estoy mirando que eres la única que me tiene fe. Siempre has creído en mí, ¿verdad? Voy a irme porque tú lo pides, creo que esto ya no tiene lucha y cualquier día voy a amanecer tieso, pero si me dejan vivo regreso a verte. Mi padre decía que los huesos tienen que quedarse donde se quedó el ombligo. Aquí voy a traer los míos, para que tú y los hijos que me queden los entierren como debe ser.

—Ya no dilatan… vete —dijo y lo abrazó.

—Oye lo que te digo: si no me agarran, regreso para morirme aquí, contigo; con mi familia. A lo mejor te toca verme llegar ya todo viejo y sin fuerzas…

—Que Tatutzima y Tateteima te cuiden, vete.

—Si no me matan voy a regresar por darte el gusto, ¿me oyes Turirí?

—Vete…

Contagiado por esa esperanza, Tukari Temai corrió riscos abajo. Huía sin mirar atrás, no quería que le doliera en los recuerdos la silueta de una mujer que levantaba el brazo para despedirlo.

TATEI YURIANAKA, LA MADRE TIERRA

Tukari Tumai despierta y analiza el sueño recién desvanecido. Tres sombras se le aparecieron para decirle que ya ha cumplido los veinticinco años de castigo que ellos le impusieron y que, si quiere, puede regresar a la sierra. El corazón late con fuerza, es un caballo que galopa alegre, sin riendas, sin ataduras. Puede irse... ¡Puede irse! En la negrura de la noche tose, llora, se empeña en cerrar los ojos y volver a soñar. Casi amanece cuando se queda otra vez dormido y tiene un segundo sueño: una mujer con ojos de obsidiana, piel oscura, brazos de barro, manos de polvo, lo está llamando: *¡Tukari Teeeeeemaiiiii!*, grita, y su voz se le enraíza en el alma. Es Tatei Yurianaka, la madre Tierra. Es ella, sólo ella, es idéntica a la imagen que por años veneró en una cueva. Tatei Yurianaka... murmura torpemente su lengua callada por tanto tiempo. ¿Por qué es ella quien lo llama? Desmigaja el sueño hasta llegar a la conclusión de que por medio de la rápida visión, la madre Tierra le está avisando que pronto va a morir y, como buen huichol, necesita llevar sus huesos a la sierra para que ella los cubra.

Se incorpora al tiempo que —espasmódico y escandaloso— el eco de su tos recorre el enorme galerón donde los peones continúan durmiendo. Falta poco para que el amanecer insinúe siluetas; para que se abran de par en par las puertas enormes y los jornaleros se vayan a sus labores en el ingenio. Sus pulmones no dejan de estremecerse, parecen saludar de ese modo al fresco de la mañana.

—¡Órale, mudo cabrón, siquiera tápate el hocico! ¡No dejas dormir con tu escandalera! —grita alguien.

Buscando contener el ruido, se cubre la boca.

«Hijo, Tatei Yurianaka, nuestra madre Tierra, es la dueña de los pies que caminan, sabe llevarlos por las veredas y los previene cuando se arriman a los barrancales. Los de antes decían que a nuestra madre no le gustan los pies forrados porque no puede acariciarlos como cuando andan a *ráiz* o con huarache. Le gustan nuestros pies rajados, que sienten en cada abierta sus resuellos y latidos. Así como recibe a las semillas y las entibia hasta que brotan, así recoge los cuerpos cansados de camino. Cuando te sientas desguanzado tírate un rato al suelo. Cuando te pares tendrás fuerzas otra vez porque ella te acarició. Quiérela, acuérdate que cuando te mueras va a recibirte igual que a un grano de maíz y va a taparte hasta que tu carne se desbarate. Nunca te quedes sin el gusto de tocarla. Los teiwarirris vecinos no la quieren, se quejan de que los ensucia y se forran los pies. Tú siéntate en ella y recuéstate así nomás…» Suspira al recordar los consejos de su padre, el *maraakame* Jaimana Tineika.

Se acuerda de la madre Tierra ahora que el sueño le vaticinó la muerte. La idea del regreso ha pasado ya por su entendimiento y lo está llenando de ansiedades. Piensa que sería riesgoso morirse allí, entre hombres descoloridos, entre otras costumbres y suelos cubiertos con baldosas. Si eso pasara, aventarían su cuerpo a cualquier agujero y nadie podría rescatar el cristal de roca en que, al cabo de cinco años, se convertirán sus huesos. Debe morirse en la sierra, cerca de Turirí. Pronuncia el nombre de su mujer y se cubre de recuerdos dulces. Sonríe. ¿Habrá envejecido tanto como él? ¿Estará viva? ¿Lo recordará?… Interrumpe los pensamientos, las enormes puertas del galerón se están abriendo con estrépito, una tenuidad de amanecer ondula entre los petates a la vez que voces estentóreas maltratan los oídos:

—¡Órale, güevones! ¡Es hora de chingarle al trabajo!

Está ya en el ingenio, pero la mente de Tukari Temai anda lejos, recreándose con imágenes de infancia y juventud que a jirones reconstruyen su historia. La urgencia por irse le provoca tos. Trae una sonrisa prendida a los labios.

—*Pos...* ¿Qué te *tráis* pinche mudo? Mejor ponte a barrer, si viene el vigía te va a tumbar la risita a puros cuartazos.

Si se fuera, los pies se le pondrían contentos al sentirse libres. Está seguro de que Tatei Yurianaka, la madre Tierra, los reconocería así de huesudos y viejos y diría: «Estas son las pisadas de mi hijo Tukari Temai, el que se fue hace tanto». Y al igual que todas las madres huicholas, ella desplegaría un manto para acurrucarlo y él recobraría fuerzas recostado en su seno. Está ansioso por sentir otra vez esa respiración, escuchar otra vez su alegre corazón terroso.

¿Cuánto vale la vida de un hombre? Allá, en la sierra, vale mucho. Allá la vida se paga gota a gota. Si un hombre hiere a otro, tiene que dar algo a cambio de la sangre del herido; cuando una mujer sin marido tiene un hijo, el causante debe entregarle una vaca por la sangre que desperdició en el parto. Cada que hay un asesinato, las autoridades se reúnen afuera de la casa de costumbres y juzgan al agresor; siempre que haya sangre, habrá una vaca de por medio.

Tukari Temai recuerda el tablón largo, humedecido por meses de intemperie. Tronco que se torna sagrado los días de fiesta o de juicio y que sólo pueden ocupar las autoridades. Cercano al tablón se yergue el palo del enjuiciamiento y el acusado lo mira de soslayo mientras expone su caso y las autoridades escuchan. Al final, algunos de los jueces levantan unos párpados derrotados por la vejez y la experiencia patriarcal, la sabiduría, se derrama por los labios arrugados que pronuncian su palabra. La sentencia debe cumplirse cuando es aprobada por el *itzukame*: no en balde lleva consigo la vara de mando. Traes culpa y tendrás castigo. Te encerraremos en los cepos sin comida ni agua. Empezando ahorita, cada día te tocarán cinco veces cinco azotes. Los demás aprueban con movimientos de cabeza. Cinco veces cinco, una cuarta de nervio duro se estrella en una espalda desnuda. Cuarta terminada en cinco ramales que zumban furiosos, cinco puntas que abren cinco arroyos de sangre de una sola vez. Cinco veces cinco y el sancionado suelta el peso de su cuerpo sobre las ataduras que lo unen al palo de enjuiciamiento. Cinco veces cinco y después es llevado a los cepos, que están en un recinto oscuro, de aire enrarecido donde unas muescas de madera se cierran alrededor de un cuello, de unas muñecas o de unos tobillos. Inmovilizado, lleno de hambre y sed, el agresor no sabe si desea que transcurran los cinco días de penitencia o quiere que ya venga la muerte a librarlo de dolores cuando al amanecer lo saludan cinco veces cinco latigazos. Cepo, invento de teiwarirris vecinos que su pueblo adoptó como propio. Los teiwarirris vecinos les habían prohibido estos castigos y ahora había que avisarle a la acordada para que un piquete de soldados se llevara al detenido. Nunca volvían a ver al infractor, porque en el camino los soldados les aplicaban la ley fuga.

Cinco veces cinco años fue la sentencia que le dieron sus guías, y se han cumplido. Ya pagó con veinticinco años la sangre del muerto junto con todos sus errores; cansancios, cicatrices, hambres y silencio fueron sus monedas, pero ya está libre de esa deuda. Hay urgencia por abandonar el ingenio; prisa por irse; necesidad de trepar pronto los peldaños de la sierra.

—¡Pinche mudo Mezquites! ¡Ya no te hagas pendejo! —previene el grito de un capataz, a la vez que un cuerazo le quema en las corvas.

El sol se está ocultando y la tos se intensifica con el aire crudo. Tukari Temai respira la libertad que acaba de ganarse tras días de esperar un descuido de los capataces. La idea de llegar al sitio donde deben quedar sus huesos vigoriza los pies maltrechos. Lleva horas caminando, perdido todavía en terrenos sembrados con caña, escondiéndose de quien pudiera reconocerlo. Pochotitán, sí, conoce ese pueblo, mañana estará camino de la sierra. La noche cae de golpe, el viejo Tukari Temai decide descansar y se tira a un suelo de hierba seca. ¿Por qué no se le ocurrió escapar con cobija? Tatei Yurianaka recibe su cuerpo, reconoce los pies huesudos del *maraakame* y amorosamente despliega un manto tibio para acurrucarlo.

Duerme, sueña, se olvida de que en tierras cañeras arrancó las raíces de cultivos anteriores, aró la tierra para permitir que se aireara y descansara, trazó surcos largos y rectos, quitó las malas hierbas y limpió los canales para que el agua llegara bien a las plantas. Descepe, barbecho, zurcada, escarda y limpia de canales se llevaron años de su vida. Dejó que los meses estiraran los tallos de la caña y supo cuándo era necesario practicar la quemarraya. Después del corte, el cañaveral ardió, para que los animales ponzoñosos huyeran permitiendo el corte sin picaduras. El fuego también propició el brote de retoños. Duerme y olvida las tareas de veinticinco surcos diarios que poco a poco le arrancaron las fuerzas que logró salvar de las salinas.

En Matatipac, docenas de jornaleros dirigidos por un capitán y vigilados por los ojos fijos de un capataz se encargaron de cortar la caña. Cuadrilla concentrada en cercenar hojas y quitar puntas a los largos tallos. Ya descogoyados los juntaron, los cargaron hasta las carretas de bueyes mansos que esperaban turno rumiando sus nostalgias. Las carretas se alejaban camino al ingenio y había que seguir cortando hasta que el sol se cansara de alumbrar y al fin cerrara los ojos propiciando la sombra. Y entonces los peones se sentían libres y comían alguna cosa y tendían sus petates para recostar cansancios y miserias sobre el piso de tierra de los jacalones.

Lo despierta la tos y mira las estrellas que tiemblan de frío al igual que él. Su tos es mal de venado, pelo de venado que se le atoró en la garganta, sabe la canción que le dio Kauyumari para curarlo, ¿cómo va a olvidarla? Fue la primera y la cantó haciendo resonar su alma, pero se siente indigno de cantarla. ¿Es cierto que ya pasaron veinticinco años de castigo? A los doce notó que el tiempo había transcurrido porque la espalda se le venció con el peso de las cañas y la mano que empuñaba el machete iba y venía sin lograr descogoyar los brotes. Entonces pidió a señas que le permitieran trabajar dentro del ingenio. Otra vez perdió la cuenta de los años y sólo recordaba que su primer oficio dentro del ingenio había sido de volteador.

Los molinos, movidos por la fuerza del agua, exprimieron caña. Los encargados de alimentarlos estuvieron atentos a que los tallos pasaran entre las ruedas de piedra y que el jugo cayera en dulces cascadas a los recipientes. El bagazo fue llevado a los asoleaderos para que ya seco y convertido en tlazol, se utilizara como forraje o como combustible para las calderas.

Una madrugada un jinete llegó con muchos indios y a balazos tomó el ingenio, asaltó la tienda de raya, se llevó arrobas de caña, costales de panocha y azúcar, bueyes, carretas. Dijo que eran para los indios de la sierra, para los coras y huicholes que lo acompañaban. Sus palabras hicieron que le saltara el corazón. Ese jinete dijo llamarse Manuel Lozada, y caracoleó su caballo y les habló de hacer valer derechos. Era un hombre flaco ese que los invitó a escaparse del ingenio y seguirlo. Muchos de los peones lo siguieron, Tukari Temai estuvo a punto de ir tras él, pero recordó que todavía le faltaban muchos años de castigo, agachó la cabeza y se quedó recargado a una pared de adobe mientras el hombre y los que lo seguían se alejaban con ocotes encendidos para alumbrar la madrugada, a la distancia parecían un largo gusano luminoso.

Tukari Temai se recuerda volteando el bagazo mañana y tarde, metiendo la palada y haciendo palanca sobre el montículo de residuos para colocar encima los que estaban abajo. Sudar en el asoleadero, sentir que brazos y hombros —de tan viejos— temblaban al levantar la materia fibrosa. Peso que le tensaba la espalda y los riñones. Paladas y sudor. Pelearse contra las varas secas; luchar contra las cáscaras hasta concluir que el pellejo de la caña también rechupaba la energía. Él, junto con muchos jornaleros, volteó corteza bofa, dejando al sol la tarea de secar bagazo. De diciembre a mayo el trabajo era duro: ver que llegaran las cañas, bajarlas de las carretas, llevarlas al molino, recoger las varas de venas secas, voltear y voltear hasta que el capataz dijera que el tlazol estaba listo.

—¡Mañoso mudo Mezquites, nomás te haces menso y no metes la pala hasta adentro, como nosotros.

—¡Ya déjalo! ¿No miras que se acabó sus fuerzas a tanto trabajar?

—Estás viejo para estos trabajos, mudo Mezquites, debías quejarte, debías decir a señas que te pongan en cosas fáciles.

Trapiche: molino que aplastó la caña, cascadas de jugo que cayeron en los recipientes y se calentaron hasta producir meladura. Líquido viscoso que ya frío era vaciado en ollas de barro dentro de la casa de calderas. Vasijas que se llevaban a la casa de purgas para colocarse sobre tarimas. Ollas enormes que sudaban las mieles no cristalizables. Goteo lento, escurrir perezoso que permitía que dentro de las ollas quedara solamente el pan de azúcar, que purificado con arcilla o greda era secado al sol. Empacar, acarrear, mirar los ojos mansos de los bueyes… Carretas cargadas que se alejaban, gritería de arrieros, animales que oscilaban el peso de la vida por caminos descuidados. Todos los trabajos del ingenio los conoció Tukari Temai.

Mieles no cristalizables con las que se preparó el aguardiente. Licor que se le entregó junto con el pago semanal en las tiendas de raya. Unos cuantos reales y una botella. Una raya junto a un nombre aceptando la paga con la que no se acababa la interminable deuda de los jornaleros. Escuchar cada semana: Mudo Mezquites, debes una cobija y mucha comida, méndigo mudo, te nos vas a morir de viejo y no acabas de pagar. Aguardiente: líquido que alegró la tarde de los gañanes, lumbradas que desperdigaron chispas de alegría, recuerdos y tonadas que alegraron bocas mustias. Gritos, valentonadas que reventaban sobre un aire enrarecido. Tardes de paga y fiesta; noches de canto y mañanas de resaca. Aguardiente…

Escapó del ingenio y de las deudas para encaramar la vejez sobre cerros empinados. No sabe hasta dónde habrán de llevarlo sus piernas debilitadas, pero sabe que quiere morir peñas arriba. Morir entre el crestería, para que sus huesos encalen la tierra que conocía de memoria. Perdida la habilidad de cazador va sufriendo hambre, cansancio y tos, que lo derriban sobre el paisaje agreste. A ratos se desalienta, piensa que no logrará salvar la columna vertebral del gigante de piedra que es la sierra.

Atraviesa un valle y logra ver la sierra: La neblina azul de la distancia y el cansancio de los ojos no le permiten ver detalles, pero allá, hasta el fondo, está su horizonte, su origen, su infancia, junto con todos los recuerdos que se quedaron a esperarlo. Desde lo alto aprecia los peñascales que coronan los bordes de las barrancas, las montañas de cuchillas pelonas, y las cañadas con sus adornos de árboles que deben ser abetos. Hacia abajo los arroyos y hacia arriba, aquellos que pueden ser pinos y que parecen detenerse del greñerío áspero de los zacatonales.

Hace años que el recuerdo de Turirí no lo deja en paz. En sus sueños, ella le recordaba la promesa de regresar. En las mañanas, mientras el sol bañaba los asoleaderos y él volteaba el bagazo, tejió todas las palabras que va a decirle cuando la vea. Las dijo muy quedo para escucharlas sólo él, las repitió muchas veces para salvar a su lengua de la torpeza, de la flojera de años, las dijo para reconocer que sí la quiso; que le nacían inquietudes cada que ella lo miraba; que poco a poco la cercanía le fue gestando anhelos. En cuanto la vea le dirá que por años, en las noches tenía ganas de acercársele y el solo pensamiento le calentaba la entrepierna endureciéndole la virilidad; pero tenía que alejarse de ella porque así lo ordenaban los abuelos. También le dirá que Urima fue una locura, el grito último de su madurez; el escalón donde detuvo el cuerpo antes de que se precipitara a la vejez; que perdió el alma frente a Urima, pero la ha recuperado pedazo a pedazo. A Turirí le dirá muchas cosas y se quedará junto a ella hasta que a ambos se les entibie el corazón.

Abajo las cañadas, arriba el sol meridional y en medio Tukari Temai, sintiendo que el viento de la tarde tiene filo y le agujera la camisa. El viento sopla, silba, desfleca la pelambre de los acahuites. Los pájaros juegan a ser trapecistas, se aferran a las ramas, se imponen al aire que pretende estrellarlos contra las espadañas del zacatón o las hierbas quemadoras. Una ardilla baja de un encino centenario. A la distancia lo saluda el rugido de un puma. El aire sigue viniendo del Norte, donde se forman los vientos que corren con rabia por el cerrerío.

Montes horadados. Cuevas semiocultas entre las hierbas secas. Malos refugios para pasar la noche. Se asoma temeroso a los boquerones negros de las grutas para darse cuenta de que adentro alacranes, murciélagos, arañas y hormigas arrieras imponen su ley y prefiere dormir afuera, apenas protegido por la maraña de zacatón. Su tos se despeña lo mismo que una lluvia de piedra por los barrancales.

Despertar de la sierra. Viento que baja de las cumbres; cuchillos de frío que desgarran la bruma; sol helado que trepa sobre un cielo de vidrio; árboles que rugen mientras el ventarrón les azota las ramas. Caminos abiertos a golpe de machete, manchas de bosque, barrancas interminables, ramas de salvia y espliego.

¿Vivirá Turirí? La pregunta lo remonta a ansiedades y angustias. La imagina igual de vieja que él, asomándose por la abertura del jacalón cuando el ladrido de los perros anuncia una presencia extraña. ¡Ella tiene que verlo llegar…! ¡Tiene que saber que cumplió la promesa! ¿Veinticinco años de ausencia o más? ¡Quién sabe! Pero fueron muchos y tiene miedo de encontrarla muerta. Débil mano, anémico machete que apenas tuza el pelo enmarañado de los matorrales. Perdido en las dimensiones de la sierra hay un anciano que duerme para recuperar fuerzas, un hombre muy viejo al que despiertan las quemaduras del sol, una boca sedienta, un estómago enflaquecido que acepta raíces, hojas y pequeños frutos, unos pies que avanzan de a poquito, una tos que se despliega a son de espasmos, un escupitajo que mancha de rojo los jarales, un cuerpo que se cae, una voluntad que se incorpora, alguien que se pregunta: ¿vivirá Turirí?

Palo de Brasil, palo blanco, palo dulce, árbol del cuerno. Encinos y aromas de orégano y salvia lo van acercando a su pasado. Desde arriba puede ver las rancherías que salpican con sus paredes de adobe la dureza de las piedras. Casas desperdigadas que parecen chivas pastoreando a la distancia. Distingue el quebrado territorio, adivina los jacales cobijados por las barrancas. Rancherías que trepan buscando la cima de las montañas. Hasta que de pronto ¡ahí enfrente está la suya! ¡Esos jacales que se asoman sobre aquella pequeña saliente los construyó él! ¡Ahí enfrente está su familia y su mundo! ¡Allí está Turirí, su Turirí! ¡Con sólo bajar la barranca y trepar nuevamente estará en su casa! Frente a los ojos de la mujer que no ha querido salirse de sus sueños. La tos lo derriba y la esperanza lo empuja. Un hombre de setenta y cinco años desciende, cae y tose, buscando llegar al sitio donde lo espera su vida o su muerte.

Está a mitad de la cuesta final y llora al sentirse dentro de los paisajes que añoró, cerca de las paredes protectoras y de los ojos adultos de sus hijos. ¿Cuántos habrán muerto? Hasta sus oídos llega el ladrar de los perros, pero las piernas ya no quieren erguirse y siguen derrumbadas en el zacatal. La lengua se le engarrota dentro de una boca sin saliva, sólo la tos no lo abandona, ella sigue ahí, fiel, sacudiéndolo; arqueándolo.

—*Ne tei*, mi madrecita tierra, Tatei Yurianaka... Te pido que les pongas fuerza a mis pies, encamínalos, diles que ya mero llegan... haz que se paren y sigan caminando —suplica.

Por más esfuerzos que hace, las piernas no le responden. Entonces recuerda viejas enseñanzas: imagina, hace nacer y crecer una bola de luz que viene subiendo desde el centro de la tierra, fluye y llega a la base de su espina dorsal. Siente un golpe, un escalofrío, y cae desmayado.

Cuando acumula vigor para abrir los ojos ha nacido otro día. Está tirado a mitad de un pequeño bosque y al fondo se adivina el herbazal de un claro. Él sabe que junto al ramerío de salvia de la barranca está su casa y estira la mano como queriendo atraparla.

Traspiés y derrumbamientos, Tatei Yurianaka, la madre Tierra, lo está llamando. Quiere recibirlo igual que a un grano de maíz, recoger ese cuerpo cansado de camino para cubrirlo con su manto pardo. Ella, madre al fin, le ofrece su regazo. Tayau, el padre Sol, lo mira desde el cenit, tras las ropas de mestizo ha reconocido al *maraakame* que le rindió tributo y pretendiendo ayudarlo, intenta calentar un cuerpo debilitado y frío que logra moverse. El corazón apenas bombea sangre descolorida, pero la voluntad grita y se retuerce.

Agonía a mitad de una vereda. Perros flacos que otean en el aire una presencia extraña, ladridos que rebotan en los pedregales y se acercan en un eco sordo. Animales que olfatean y gruñen mostrando dientes duros y afilados. Un muchacho lleno de miedo y sorpresa lo toca y corre dando voces. Gritería, siluetas desconocidas que vienen corriendo, rostros que se acercan, ojos que interrogan, manos que palpan; brazos que lo cargan y lo depositan en uno de los *karretune* sobre un *tapeixtle* cubierto con cueros de toro.

Abre los ojos y la ve: Turirí es una anciana avejentada de tanto cargar nostalgias y esperanzas. Tiene los ojos disminuidos por el marco de arrugas que los comprimen. Sus dedos temblorosos le tocan la piel apenas sensible, hasta que toda ella se convierte en una mirada que atropella recuerdos, desgarra añoranzas y al fin lo reconoce:

—¿Eres Tukari Temai? ¿Eres mi esposo? ¡Sí, sí, eres tú! ¡Regresaste! ¿Verdad que sí eres? ¿Verdad que sí? —pregunta a gritos, desesperada. Él apenas tiene fuerzas para asentir con la cabeza.

—¡Hijos, mis hijos, mis nietos! ¡Corran!, ¡vengan a verlo!, ¡su padre, su abuelo ha regresado!

Ahí está la mujer a la que quiere pedir perdón. Necesita decirle todo lo que pensó mientras trabajaba en el ingenio y movía bagazos de caña, mientras caminaba la sierra y tosía. Al intentarlo un cuajarón de sangre le llena la boca. Ella es una mano flaca y temblorosa que le toca la cara fría, un rostro distorsionado por el dolor y las lágrimas.

—¡Perdó… name…! —alcanza a decir entre espasmos.

—Desde *queaque* se me olvidó todo lo malo que pasamos —responde.

—No pude… regresar antes… Kauyumari…Mayé…Rainú, me castigaron… cinco veces cinco… pero no… no te olvidé…

Turirí lo mira, lo toca, lo acaricia. Lágrimas vivas brotan de sus manantiales resecos.

—No hables, no te gastes, deja que tus ojos me sigan diciendo cosas. ¡Vengan! ¡Es él! ¡Es mi esposo! ¡El hombre de quien siempre les hablo…! ¡Me dijo que volvería y aquí está! ¡Vengan! ¡Miren a su padre, miren a su abuelo, conozcan a su bisabuelo! ¡Mírenlo todos, es él! ¡Tukari Temai aquí está!

Y con las palabras de ella en los oídos, con las manos de ella sobre el pecho, Tukari Temai cierra los ojos ya ciegos, para atender al llamado de Tatei Yurianaka, que hace rato desea cubrirlo con su manto color de tierra.

ÍNDICE

La danza de la lluvia, vida de un curandero
de Queta Navagómez
se terminó de imprimir en septiembre 2013
en Quad/Graphics Querétero, s.a. de c.v.
lote 37, fraccionamiento Agro-Industrial La Cruz
Villa del Marqués, qt-76240